中国戏曲学院戏文系教师戏曲剧作丛书

谢柏梁 主编

胡叠
戏曲剧作集

胡叠 著

上海古籍出版社

大学里头的专业设置,几乎实践着人间需要什么人才,大学就培养何种人才的教育理念。

尽管中央戏剧学院和上海戏剧学院也培养出了不少戏曲编剧人才,但是这两所明显以培养话剧影视艺术人才作为基本特色的学院,对于民族戏剧的关注只是其副业而已。

中国戏曲学院作为培养中国戏曲艺术高级专门人才的唯一学府,其戏曲文学系也以培养戏曲编剧人才作为自己的立系之本和基本使命。这也是全球范围内唯一独立设置的戏曲编剧专业。

独养的儿子从生存环境来看,未必属于最好的状态。这是因为其没有可比性,不能太多地从兄弟姐妹的行列中分享经验和教训,当然也有可能会被宠爱出故步自封、资源独占的毛病来。戏曲文学系开办以来,也是在一无依傍的情形下,逐步在摸索自己的办学路数。从姚清水、孙月霞到颜全毅、吕育忠,从王若皓、龚孝雄到王晓菁等,都在不同程度上体现出戏曲文学系在戏曲创作人才培养方面的教学成果。

从师不高,学也不妙。戏曲文学系,必须要具备一个较有实力的戏曲创作教学团队。

好的戏曲剧作家,不一定都是好的戏曲创作导师,他们在一位经验丰富、基础较好的成熟剧作者那里出出主意,有的时候真可以收到点石成金乃至脱胎换骨的功效。但是就培养一位刚刚高中毕业进入戏曲学院的"生坯子"同学而言,您得要有足够的时间、充分的耐心,按部就班地进行培养。从唱词与念白、小戏改编一直到大戏改编、独立创作,这其中的艰难程度简直可以称之为是戏曲写作者一次艰难的万里长征。高明而又繁忙的剧作家,富于创见与激情的剧坛才子,可能不会都具备如此的耐心,也不一定能忍受这种漫长的等待。有时间的话还不如自己写一出新戏,焕发出作为剧坛才人的又一次富于天才创意的光彩。

于是戏曲文学系必须要延请一批可以以教书为职业、以教授编剧为专业方向的老师。他们勤勤恳恳,心无旁骛,以学生的成长作为自身的快乐,以同学的作品作为自己生命价值的最高体现。在他们身上,天才的闪光可能要少一些,但化作春泥更护花的教师职业所带来的与生俱来的不厌其烦、敬业献身的精神必须要多一些。

我想,较为理想的戏曲编剧教师,尽管自己本人不一定是第一流的剧作家,但却一定要是写过一些剧本,上演过一些作品的实践者,他们必须亲身体验过编剧行当的艰难辛苦，理解整个创作过程中的喜怒哀乐，方能如鱼在水，冷暖自知。这样的老师，指导起学生的创作来，可能会更加游刃有余，得心应手；这样的老师，可能会更能够得到学生的拥戴和业内的认可。我曾经在上戏、国戏的戏文系执教过 19 年之久，确实常常听到有的学生抱怨个别编剧教师，说：这个老师自己从来不写剧本，他凭什么要对我的构思横加指责，全面否定，非要让我另起炉灶？

不能说同学们的抱怨都对，但也必须承认编剧教师自身一定要具备编剧的充分经验。要求编剧教师的作品具备全国乃至世界性的影响，那只是一种希望而已；但是老师的作品至少要能立得住，可以搬上舞台，可以比较规范，能够成为自己所论的编剧法则的些许论据。即使失之于规整，甚至时过境迁之后还有几丝平庸之感，但编剧教师创作剧本这一必备经验，从个人角度来看，还是万万不可省略的。

有鉴于此，我开始特别关注中国戏曲学院戏文系教师的戏曲创作，并决定把其中部分教师的作品作为一套丛书，分别结集出版。如此做法，不仅是为戏曲学院 60 年校庆送上一份小小献礼；也不仅仅是为了体现出本系戏文创作与理论专业作为北京市优秀教学团队和北京市特色教学建设专业的光彩；也不仅是为了反映该专业作为北京市优秀教学成果奖得主的教师实力，更为重要的是要让学生们知道，老师们是在以自己的创作和教学的多年实践，在与大家同甘共苦，共同分享创作和生命活动的苦涩与欢趣。这也将激励更加年轻的老师们教有余力，最好要投身到戏曲创作的专业实践领域之中去。

榜样的力量是无穷的。如果中戏与上戏的老师不写话剧与影视作品，学生们就会没有专业敬仰和崇拜的对象，甚至连参与分集"打工"的前提条件和基本氛围都没有。上戏陈耘先生的《年轻的一代》，为上戏学子托起了多少光荣的梦想啊。同样道理，国戏戏文系的同学要有所景仰、师范和继承，同样还是需要从自己身边最为熟悉而亲切的老师这里，获得写作剧作的第一动力。

因此，将本系教师的戏曲创作结集出版，符合戏曲教学的基本规律，既符合戏曲文学系的办学方向，也符合中国戏曲学院对于戏文专业的根本定位。

当然，这些作品跨越了老中青几代人，也见证着不同时代的社会烙印，也未必都是当时和今日的佳作，但都体现出编剧教师们的匠心、苦心和忠诚于戏曲教育事业的一片真心。至于创作水平之高低优劣,时过境迁之后的不合时宜,也都见证出历史和个人的选择,以及这种选择之后是否合乎个人与社会的目的性的成败体验来。即使当年的创作未必高明,但是以老师们的挫折乃至失败作为借鉴,也许更能够使学生少走一点弯路,在戏曲创作方面逐渐变得聪明起来。

我们首批所推出的戏文系戏曲编剧教师的剧作专集有:

一、《郝荫柏戏曲剧作集》

郝荫柏老师作为抗日忠良之后,先学京胡,后转创作,经历了几度人生起伏,终于回到戏曲学院戏文系担任戏曲编剧教师。作为戏文系的副主任,他在工作上勤勉认真;作为编剧教师,他对学生热情负责;作为戏曲编剧,他这么多年来创作出不少剧本,体现出对于戏曲事业的赤诚之心。尽管其剧本体现出不同时期的历史政治风云和价值品判观念,但是他所改编的京剧《悲惨世界》,在京沪演出时深得观众好评。体现出艺术品对于时空的超越力量。

二、《谢柏梁戏曲剧作集》

这几年,我的戏曲作品被先后搬上越剧、京剧等剧种的舞台,这令好多朋友们特别惊讶,因为他们都知道我是一位戏剧史论方面较为资深的学者,怎么会在几年之间华丽转型为编剧?其实我自小就曾在基层剧团担任编剧之职,还担任过全国棉花会议文艺节目的总撰稿。更为重要的还在于我的两位祖师爷——吴梅与老舍先生,同时也是戏曲和话剧方面的创作大家。作为他们的再传弟子,尽管心向往之而不能至,但却不可以不为;作为戏曲文学系的主任,如果连我都不参与戏曲创作,那么大家都可以在教授编剧时进行空谈式的纯理论教学。为此,我在近几年重拾旧业,顺理成章地回到了戏曲创作专业,希望在编剧与理论上齐头并进。

三、《颜全毅戏曲剧作集》

前面提到过,颜全毅是戏文系所培养出来的学生,也曾跟随我就读过博士生。他在创作与理论方面都比较擅长,特别在戏曲剧本创作方面,可以说在戏曲学院乃至在北京市的青年戏曲编剧人才里头,独领风骚。北京市愿意专门从事戏曲创作但又每年都有新作推出的青年才俊,实在是凤毛麟角,而颜全毅就是成果较为丰硕的默默耕耘者。惟其如此,他才先后进入北京市和教育部的人才培育序列,前景正无限美好。

四、《胡叠戏曲创作集》。

胡叠是我系的青年女教师。她特别钟爱戏曲编剧,也曾经获得过老舍青年文艺奖项。她的剧本,具备唯美化的倾向,也带有案头文学的诸多气质和个人性情的诸多烙印。尽管到目前为止,她的剧作尚未被搬上过舞台,我在是否将其剧作单独结集出版时也有所犹豫,但是我最终相信坚冰总会有融化之时,好的剧作总会被剧团慧眼识珠,付诸演出。

今后,国戏戏曲文学系不仅要为教师出版剧作专集,还要为本科生与研究生的佳作提供更多的出版和上演的园地与平台。我们已经与《剧本月刊》合作,为国戏同学的戏曲剧作出版过4期专辑。我们还与浙江艺术学院合作,将我系同学的红楼小戏系列作品搬上了舞台。

国学众脉,戏曲文学系独此一家;文山剧苑,梨园诸才子万紫千红。尽管筚路蓝缕,应属此道不孤。遥想本系之师生,应为人文之栋梁。

戏文数种,心香几瓣,付梓问世,其中或有佳作场境,人物风标,化身为诸多妙像,引人入胜。化作春泥更护花,蜡炬成灰泪始干,此乃本系教师出版个人戏曲专集之本意。抛砖引玉,宝藏将盛。诸作付梓,希望得到戏曲文学系历届同学们的品评和建议,也希望得到戏曲界乃至社会各界的批评与指正。倘若会激起共鸣,引起争议,提供一些启发,搭建一方平台,则功在不舍,善莫大焉。

是为序。

2010 年 8 月 20 日写于国戏

(作者为中国戏曲学院戏文系主任,北京市特聘教授,北京市教学名师,国务院政府特殊津贴专家,中国戏剧文学学会副会长)

前　言

或许是因为我毕业于以话剧见长的中央戏剧学院，所以常被人问到：

你怎么会喜欢戏曲呢？

面对这样简单的问题，我却总觉得很难回答。

于是总敷衍道：可能因为爱逃避的天性使然吧，当面对现实无所适从时，我便索性逃到戏曲里去，踏歌而行，且向曲中醉。

爱上戏曲，应是宿命。

既是宿命，便无需解释。

但在许多忙碌之后的清闲时间里，在余叔岩、孟小冬、任剑辉古雅的咿哑声中，醺然若醉之余，我还是会不自觉地反复问自己这个问题。

于是，便有了不同的答案，在不同的心境里涌现：

越来越简捷的现代生活，在我心里，始终是不敌繁复曲折的旧时光景。一切若来得太易、太快、太直接，便少去了许多百折千回的滋味，就好像从来醇酒最香浓，而烈酒只取入喉那一刻的快感。

又如戏前上妆，需一层层地逐渐增添，细细装扮，勾勒中，顾盼间，神采变幻，时空模糊，渐渐地便化为那灯街拾翠的书生，或独怀伤心的贵妃；

我有时也会学究气一点，用更理性的方式去解释自己。

以"我"为内容，则所谓理想的人生，便是为"我"这一内容找寻到适合的形式。

我本科学中文，硕士学话剧，博士学戏剧理论，直到后来由写戏曲剧本，到教戏曲创作，曲曲折折，走了那么久，也无非是在为这一个"我"寻找到最适合的形式。

直到那一日，与戏曲在命运的拐角处撞上之后，方才发现，我之一切情绪、一切感受，无论深浅，竟都可以戏曲为表达。并且，在这种形式之中，我觉得舒展、自由、快乐。

　　纵然戏曲有诸多限制，便如曹禺先生所言，乃是带着镣铐的舞蹈，我依旧固执地在戏曲这一固定的形式里，去找我要的生命感。

　　我不要甩开镣铐，我要带着这一切桎梏，却舞得最美。

　　这样的生命表现形式怎能不令人迷恋？

　　有规则，有距离，有想象，有万千可能。

　　便纵横古今，也可以只在眼波流动的一霎时。

　　水袖翻飞，撩动心底无穷事，热烈的、悲怆的、不吐不快的、欲说还休的，这般一眼望过去，却都能明白。

　　我得承认自己是个简单而又固执的人，沉迷于旧时代更多，而对现实世界的过于纷纭复杂，有时候会觉得完全找不到逻辑，不知所谓。

　　于是，常常会觉得脱力般的无奈，看一切皆无意义。

　　好在，大千世界传奇少，方寸舞台好事多。若不肯沉心在现实生活里，还可往别处，去寻找生命的意义。

　　只是，那些最动人的故事，似乎都在古远的年代，又都只在戏文中可得一见：

　　最单纯，又最丰富；最妩媚，又最刚烈。是怀着这样的心情，我在戏里戏外，来来去去，写写唱唱，怎么也不厌。

　　所以只好就此沉迷下去，直至缘尽。

胡　叠

2010 年 9 月 9 日写于北京

目 录

六场越剧

锦　瑟

胡　叠　罗　琦

人　物　李商隐　　字义山。小生。

　　　　王含嫣　　王茂元之女。青衣。

　　　　令狐楚　　李商隐恩师，牛僧孺党人。老生。

　　　　令狐绹　　李商隐好友，令狐楚之子。小生。

　　　　王茂元　　李德裕党人，年过五旬。老生。

　　　　王夫人　　王茂元之妻，含嫣之母。老旦。

　　　　安　童　　李商隐书童。娃娃生。

　　　　小　兰　　含嫣丫环。花旦。

第一出

〔幕后合唱:盛世繁华已成空,

　　　　　　晚唐飘摇风雨中。

　　　　　　乱世难酬书生志,

　　　　　　壮思满怀何堪用?

　　　　　　辜负了,射雕宝弓,

　　　　　　消散了,碧血长虹,

　　　　　　千古遗恨寄诗中,

　　　　　　而今犹觉句句痛。

〔初春。长安。

〔李商隐寓所。

李商隐　(内,喊)安童,安童,你快去看看,这次怕真是有人在叩门了!

〔安童答应出,开门四下看看。

安　童　(好笑又好气)这个相公,一早起来,就只听见有人叩门,有人叩门,哪有人呀!

李商隐　(内,喊)安童,请客人稍待片刻,我这就出来了。

安　童　(笑)我倒要让他白高兴一场!(高声道)相公啊,客人已经来了,你快出来呀!

〔李商隐匆匆出,突然又站住了,看看自己,整整衣物,扶扶帽子,这才出来。

李商隐　(欢喜地)贤弟啊,愚兄……(看见门口无人,一愣,赶快到门外再看看,也没有人,这才明白是被安童骗了,怒)小安童,你为何要戏耍相公?

安　童　(笑)谁让相公今日里耳朵不好使,老让我来开门呢? 适才啊,又是风吹门动!

李商隐　(失笑)哦? 又是风吹门动? 哈哈哈!

　　　　(唱)叶落空庭正留连,

　　　　　　闻声频将童儿遣。

　　　　　　却恨朔风最可恶,

　　　　　　乱效玉人轻叩帘。

安　童　明明是自己心急,还怪风不好! 相公啊,真是奇怪,为何每次王公子要来,你的耳朵就不好使了?

李商隐　(板起脸)安童,酒买回来了吗?

安　童　(伸手)无钱!

李商隐　(想都没想,便把身上披着的裘袍解了下来)拿去当了。

安　童　(急)相公,你就这一件裘袍,冬天还没有过去呢,冻坏你可怎么办?

李商隐　(唱)今日里,迎佳客,囊中寒酸,

　　　　　　无美酒,又怎能,尽兴言欢。

　　　　　　虽无裘马效太白,

　　　　　　一袭青衫表心愿。

　　　　　　只恨柴门久不开,

　　　　　　何惧长风寒发短。

　　　　　　安童莫要絮叨叨,

　　　　　　早去早归莫延耽!

安　童　哼,去就去,反正又冻不着我小安童!

李商隐　(唱)可叹商隐青衿寒,

　　　　　　盘桓长安整七年。

　　　　　　空有嘉言三千篇,

　　　　　　却还是,诗名难将酒钱换。

　　　　(背着手在庭中信步。突然一阵寒风吹来,卷着雪花,不由觉得有些瑟瑟)真的又下雪了! 冬天果然还没有过去。(手抚长剑,傲然地)但将长剑问苍天,涤荡风雪迎春还!(拔剑起舞,收剑,自嘲地)果然暖和了不少。唉呀,差点忘了,还要去买一

枝青梅呢!(掏出一枚钱)一文钱,买一枝梅花想来是够了。小姐啊小……(猛捂住口,四下看看)贤弟啊,你今日可一定要来啊!

〔李商隐匆匆下,忘了关门。

〔令狐绹上。拍门,门开。令狐绹进。

令狐绹 义山!义山!安童!哦?门开着。(进屋内)这主仆二人到哪里去了?奇怪。(在屋内徘徊,见琴台)哦?锦瑟何时换了一个锦囊?难道是小妹又给他绣了一个?不对啊,听小妹言讲,也好久不见他了!(又见书桌上一幅画,拿起来看)

(吟)杨柳路尽处,

　　芙蓉湖上头。

　　虽同锦步障,

　　独映钿箜篌。

　　鸳鸯可羡头俱白,

　　飞来飞去烟雨秋。

(赞叹地)真是绝佳好诗啊!一人独行,只羡鸳鸯成双。只是这画并不是义山笔墨,笔力如此隽秀纤巧,分明是闺阁之作呀!奇怪!这琴囊,这画!还有这相思之意!

(沉吟,唱)莫非他,莺莺燕燕私弥欢,

　　　　　金屋藏娇把我瞒!

李义山啊李义山,莫非几次科考不中,便消磨了你的雄心壮志?

〔含嫣、杜鹃扮男装上。

杜　鹃 小姐,你走得好快呀,你等等我呀!

含　嫣 (佯嗔)死丫头,你适才叫我什么呀?

杜　鹃 啊,是我错了,可是这位公子,你适才又叫我什么呀?

含　嫣 呀,我也错了。杜鹃,你还是不要跟着我了,省得大家都叫错。

杜　鹃 我知道,你就是不想让我跟着。哼,那我一会儿来接你,我的公—子—爷!

〔杜鹃将一个包袱塞到含嫣手里,转身下。

含　嫣 杜鹃!这个丫—(捂住口,四看无人。长吁。转身欲拍门,又止,踌躇)

（唱）一路行来我心慌张，

　　　　为避亲友巧扮妆；

　　　　眼前已到他门廊，

　　　　举步欲行却心彷徨。

　　　　含嫣啊，

　　　　你说是，和他谈诗在堂上，

　　　　细思量，女儿心事如何讲？

　　　　他对我，温言细语多周详，

　　　　我对他，日日相见情意长；

　　　　他只道，我青衫一袭书生样，

　　　　又怎知，含嫣本是女娇娘。

　　　　我只怕，他一片真心做兄长，

　　　　全无私情挂心上。

　　　　越思想，越惆怅，

　　　　不由含嫣神暗伤。

〔含嫣在门口徘徊。

〔李商隐举着一枝青梅兴冲冲地回来了，差点和含嫣撞个满怀。

李商隐　啊，失礼了失礼了，兄台见谅！

〔含嫣不由扑哧笑了。

李商隐　啊，（喜悦地）原来是贤弟啊，贤弟是在等我吧，门外风大，贤弟快里面请吧。

〔两人进门。

〔令狐绹听见有人进门。

令狐绹　好像有人来了。我且躲于这屏风之后，看他究竟在搞什么鬼！

〔令狐绹躲到屏风后。

〔两人进屋。

李商隐　贤弟，看你斗篷上都是雪，先解下来吧。（伸手欲替她解开）

含　嫣　（躲开）还是我自己来吧。

李商隐　（有些尴尬）好，好。我去把花插上，你先坐坐！

含　嫣　青梅？

李商隐　是啊，你不是说你最喜欢青梅吗？

含　嫣	（惊喜地）我随便说说,你也当真! 看你这一身的雪,呀,你怎会穿得如此单薄?
李商隐	我,我不冷,我不怕冷。
含　嫣	（顿然明白了,心酸又欣喜,娇嗔地）你,你呀!

〔李商隐见含嫣女儿之态毕露,不由呆了。

〔幕后合唱:怜君孤秀立簌风,

芬芳掩尽霜雪中,

何人知卿报春来?

不觉垂荫绿帘栊。

含　嫣	（羞,打岔）李兄不是要插花吗?
李商隐	哦,哦,是啊。

〔含嫣环顾四周,突然看见锦瑟换上了新囊。

含　嫣	你已经把它换上了?! 你真的喜欢这个琴囊吗?
李商隐	喜欢,当然喜欢了。你要替我多多感谢你那位表妹才是。
含　嫣	（喜）太好了,我,她就怕你不喜欢呢,你看,（打开包袱,取出一件锦袍）这是她新做的,我穿着有些大了,就带来给你试试。

〔李商隐穿上锦袍。

李商隐	这倒像是为我度身定做的!（定睛看着含嫣）真的多谢小姐了!
含　嫣	你说什么小姐呀?!
李商隐	哦,我是说多谢你家里那位表妹小姐呀!（见含嫣有些儿羞）贤弟,前日你所作的画,我已经题上诗了,你来看!

〔两人来到书桌前观画。

〔令狐绹从屏风后探头观看,似有所悟。

含　嫣	李兄的诗,看似伤怀儿女之情,只怕其中另有深意!
李商隐	哦? 有何深意?
含　嫣	（模仿李商隐背着手,浩然长叹,吟）锦绣文章空在怀,

不见伯乐识良才!

李兄所求的知音,只怕不是红颜,而是伯乐吧?

李商隐	（喜悦地,旁唱）想不到,她心似玲珑解我意,

一语道破我心底。

如此佳人难再得,

　　　　　　义山啊,这红颜知己,你可要珍惜。

　　　　　　哈哈哈!

含　嫣　李兄何以突然发笑,莫非是小弟解得不对?

李商隐　对,对,太对了,想不到小——(改口)贤弟才是我的知音!

含　嫣　我只能勉强做李兄诗文的知音,却不能开解你壮志难酬的
　　　　情怀!

李商隐　贤弟,你看我比李太白、杜工部何如?

含　嫣　(迟疑地)这? 不是同世之人,如何能比呢?

李商隐　哈哈哈,贤弟真会宽我心啊! 想才高纵如李、杜,也只落得一
　　　　世寂寞,斯人独憔悴! 李商隐不过中庸之才,不得志也在情理
　　　　之中。但只求事事尽力,无愧于心则可!

含　嫣　但李兄诗中还是有一股萧索抑郁之气,可见内心深处是不曾
　　　　释怀的!

　　　　〔李商隐被含嫣之言触动了心事,长叹一声,抚锦瑟。

李商隐　(吟)为有桥边拂面香,

　　　　　　　何曾自敢占流光。

　　　　　　　后庭玉树承恩泽,

　　　　　　　不信年华有断肠。

含　嫣　(劝慰地)李兄,

　　　　(唱)劝义山,一时得失勿挂心,

　　　　　　莫让凡心扰诗情。

　　　　　　君不见,蓬莱文章建安骨,

　　　　　　功名化尘诗名存。

　　　　　　君不见,李白才高耀千古,

　　　　　　宦海一生叹浮沉。

　　　　　　为官者,或能一展宏图志,

　　　　　　为民者,亦可千古留美名。

　　　　　　义山你,何不放开功名心,

　　　　　　且向诗丛觅知音。

李商隐　(唱)谢贤弟,宽我心,

　　　　　　字字句句情意深。

　　　　　　商隐我,也知文章千古事,

却难向,桃花源中寄闲情。

自古来,书生情怀只一种,

望遇伯乐荐明君。

想太白,犹为贵妃唱艳词,

思之堪怜,他千般用心。

人只道,书生自是无一用,

可正是这书生的文弱双肩,

却愿担起乾坤任。

含　嫣　(叹)唉,书生的情怀原是这样的!那我就不劝你了。

李商隐　(逗她)怎么?贤弟你这个书生,和我这个书生不一样么?

含　嫣　(羞)我,我又不想做官,自然和你不一样了。(赶快转移话题)是了,我常听你提及恩师,却不知李兄的恩师是哪位饱学之士?

李商隐　(笑)哈哈哈,是我忘了和贤弟说了,家师便是那天平军节度使令狐老大人。

含　嫣　(大惊)什么?你的恩师便是那,那令狐楚令狐老大人?

李商隐　是啊,家师大名,想来贤弟也当知晓!

含　嫣　(呆坐)知晓,自然知晓!

李商隐　贤弟,待我去与你沏杯热茶!

〔李商隐下。

含　嫣　(痛苦,扶住书桌)没想到,真没想到,他竟是令狐楚的门生!

(唱)平日里,听得爹爹几多恨,

责骂令狐一声声。

当年世交笑语殷,

而今情意早不存。

谁料知,令狐楚,

和他竟有师生恩。

一句话,惊醒我这糊涂的人,

却原来,好姻缘是梦不是真。

一朝相逢成永别,

此生难唱白头吟。

从此后,梦中花烛杳无凭,

寂寞深闺更销魂。

　　只落得,断肠独对梧桐影。

　　一腔深恨伴残生。

（思及此处,不由心痛难当,目光触及桌上的画卷,拿起来）

（吟）鸳鸯可羡头俱白,

　　飞来飞去烟雨秋。

（惨笑）我适才还说,句中儿女之情太浅,当中另有深意,却不知,正是这浅浅的儿女之情,却让人如此伤怀! 义山,义山! 我该如何是好呢?

〔含嫣禁不住悲泣。

〔令狐绹看含嫣,越看越肯定。

令狐绹　他实在是太像那王家小姐王含嫣了! 莫非她,和义山?（双指一并）哎呀呀,李义山啊李义山,你这不是给自己找了个大麻烦吗?

　　（唱）想当初,令王两家是世交,

　　　　和含嫣,也曾竹马堂前绕。

　　　　叹只叹,一朝分属两政党,

　　　　十载交恶无来往。

　　义山啊义山,

　　　　两党之仇如水火,

　　　　你可要三思而行莫惹祸!

　　是了,我不妨唤她一声看看。

令狐绹　（在屏风后,轻声唤道）王含嫣! 王含嫣!

含　嫣　（惊,猛抬头）啊,谁?

令狐绹　（走出来）果真是你,王含嫣!

含　嫣　（惊呆）我,我,你是何人?

令狐绹　你来看我是何人?

含　嫣　啊,你,你,莫非是令狐绹?

令狐绹　（直视她）你为何在此? 又如此打扮? 你和义山他……

含　嫣　（慌乱地）我,我……

令狐绹　小姐,令王两家如今是敌非友,你来此地,只怕令尊并不知情吧!

含　嫣　（忍不住泪下）你，你到底想说什么？

令狐绹　（叹息）唉，含嫣啊含嫣，你我两家之仇，并非私人恩怨，而关系朝堂大事，万难化解。还有，家父有心将小妹许配给义山，这件事，义山也是知道的。你和他，此生此世，断难有姻缘之份，你还是走吧！

〔含嫣终于忍不住了，掩面出门。

〔李商隐端着茶上，与含嫣撞上，茶杯摔到了地上。

李商隐　唉呀，贤弟，有没有烫着你呀！

〔含嫣含泪看看他，不顾而去。

李商隐　（惊）贤弟，（欲追）贤弟！

〔令狐绹将他拦住。

李商隐　兄长，你何时来此？你们，唉，这是怎么回事？

令狐绹　义山，你可知这位公子是何人？

李商隐　不知。

令狐绹　那你可知他是女非男？

李商隐　唉，我知道，我自然是知道！

令狐绹　哦，原来你真是装糊涂啊?!　我且问你，你和她又是怎么一回事？

李商隐　唉，兄长啊，

（唱）那一日，我与她，郊外邂逅，

　　　　天突变，风雪狂，强把客留，

　　　　庙堂内，遣闲怀，联句对偶，

　　　　谈笑间，相倾慕，心意暗投。

　　　　就此相约再聚首，

　　　　依依惜别几回眸。

令狐绹　哦？看来你早就明了于心！哼！

李商隐　（唱）初相见，我只道他潘安模样，

　　　　再相会，方觉她原是女红妆，

　　　　细思想，佯作不知心中亮，

　　　　恐惊破，凤去秦楼空断肠。

令狐绹　义山，你真的对她……

李商隐　兄长，你告诉我，她为何含泪而去？莫非你认识她？

令狐绹	（旁）看来义山是真动了情，我可不能讲出实情。（对李商隐）我哪会识得她，我只是道破了她乃女儿身，故她羞愧而去罢了！
李商隐	（急）我却不信。
令狐绹	我几时骗过你！哦，义山，爹爹还有事找我，我先去了。
李商隐	兄长！
令狐绹	对了，爹爹让我给你送些银子来，（取出钱袋）你收好了。我走了！我走了！

〔令狐绹匆匆下。

李商隐　兄长！唉，这是怎么了！这到底是怎么了?！

（唱）今日里，明明是，欢喜相见，

　　　却为何，顷刻间，天变地换，

　　　匆匆别，只见她，珠泪涟涟，

　　　恰似有，满腹的心事，她玉口难言；

　　　若真是，被道破，红妆素掩，

　　　也不该，泪满面，伤心无限！

　　　兄长啊，

　　　你欲言又止神色不安，

　　　分明有心来隐瞒。

　　　何所瞒？为何瞒？

　　　不由我满腹疑惑疑惑满腹似高山，

　　　重重压在我心间！

〔安童喜孜孜地上。

安　童　相公，我回来了！酒菜都买回来了。相公，你怎么不理我呢？（发现李商隐身上的新衣）哎，相公啊，你这件新衣服是哪里来的？（又发现地上掉的钱袋，捡起来）银子?！哦，我知道了，一定是令狐公子来过了，是吧？相公！

第二出

〔幕春。明月夜。令狐府后花园。

〔幕后合唱：西亭月正圆，

　　　　　簌帘伴风烟。

　　　　　梧桐莫更翻清露，

　　　　　孤鹤从来不得眠。

　　　　〔令狐绚和李商隐上。

令狐绚　义山，你看今宵月圆，你我不妨在这水榭小坐，弹琴饮酒，赏月做诗如何呀？

李商隐　谨遵兄命。

　　　　〔令狐绚让人摆上酒和琴。两人坐下。

令狐绚　听安童讲，你最近还是常去郊外的小寺，怎么，你还没有死心？

李商隐　我和她是在小寺中相识，实在是想不出还可以到哪里去找她！

令狐绚　你呀！你呀！

李商隐　（深深一揖）令狐兄，商隐有事相求。

令狐绚　义山，你又来了，我真的是不认识她，你我情同手足，我何苦瞒你呢！

李商隐　莫非兄长另有苦衷，不便言讲？

令狐绚　（掩饰地）哈哈，有什么不能讲的呢？你多心了。来，喝酒！

　　　　〔家人上。

家　人　少爷，老爷唤你去前厅见牛大人。

令狐绚　哦，知道了。义山，你且坐坐，我去去就回。

　　　　〔令狐绚下。李商隐愁绪满怀，坐下，抚琴。

李商隐　（吟）月已圆，伊人犹在天涯，

　　　　　　空徘徊，望尽朝晖晚霞。

　　　　（唱）一声恨，自卿别去春已半，

　　　　　　两声怨，坐看落花意阑珊。

　　　　　　三声四声心难安，

　　　　　　五声六声愁难遣，

　　　　　　七声八声声声叹，

　　　　　　九声十声琴声乱。

　　　　　　声声叹，琴声乱，举头问天；

　　　　　　日月长，欢会短，此情何堪？

　　　　　　欲借愁酒入愁肠，

　　　　　　可叹有酒无红颜。

　　　　　　卿去也，空留余音绕耳边，

　　　　　　再不见，玉指纤纤点诗篇。

　　　　　　卿去也，诗中深意无人识，

　　　　　　束高阁，待与尘土来相伴。

　　　　　　卿卿啊，

　　　　　　何日能，再与你，锦瑟和弦，

　　　　　　携娥眉，剪窗烛，共度华年，

　　　　　　一杯饮尽千般意，

　　　　　　诗中永结三生缘！

　　　〔李商隐推琴而起，惆怅不已。令狐绹上。

令狐绹　（唱）见义山愁绪满怀，

　　　　　　可怜他相思万缕，

　　　　　　东去伯劳西去燕，

　　　　　　只怕今生难再遇！

　　　　　　怨只怨，含嫣错生王家女，

　　　　　　叹只叹，义山你难做东床婿。

　　　　（停，清嗓子）义山，有好消息！

李商隐　哦？什么好消息？

令狐绹　适才牛大人言道，他已将那李党怂恿皇上实施新政，更改祖制之事，禀明了皇太后，太后甚怒。哈哈哈，他李党虽有皇上撑腰，可我们却有太后支持。皇上天性纯孝，这一次，恐怕还是要听太后的。

李商隐　乾坤大事，理应在庙堂决断。孰是孰非，皇上自有圣断，何需后宫干政，以孝道逼迫皇上？

令狐绹　胡说！皇上，（放低了声音）皇上年轻，易于偏听，太后关心社稷江山，理所应该！这些话，你日后不要再说了，父亲会不高兴的。

李商隐　（轻叹）恩师不高兴的事何以越来越多！？

令狐绹　（赶快转移话题）牛大人还说了，经他多方周旋，你这次科考，大有希望。

李商隐　唉，商隐屡试屡败，心中实在是惭愧。

令狐绹　如今朝政把持在李党手中，你是我令狐家的门生，自然会被排挤,当知宝剑藏鞘,难掩锋芒,有朝定会鸿志得展!

李商隐　有朝一日?（苦笑)有朝一日!

令狐绹　这可是家父之言。义山,你十七岁便跟随家父,他一片拳拳之心,你可要牢牢记住!

李商隐　商隐知道。商隐幼年失怙,恩师对商隐便如再生父母,商隐怎可忘怀?!

令狐绹　记住就好了。

　　　　（唱)劝义山,莫彷徨,

　　　　　　　儿女情长暂且忘,

　　　　　　　家父说,你是社稷良臣相,

　　　　　　　我看你,才称朝堂是栋梁,

　　　　　　　你应当,尽将才智施四方,

　　　　　　　待来日,万民敬仰你李家郎!

李商隐　（唱)兄长啊,

　　　　　　　莫怪商隐意消沉,

　　　　　　　风雨恶难飞九重。

　　　　　　　眼见得,日月蹉跎华年去,

　　　　　　　怕只怕,鸿鹄之志成幻梦。

令狐绹　（唱)风雨能逞一时狂,

　　　　　　　雨过天晴好气象。

　　　　　　　怀才不遇非偶然,

　　　　　　　只因朝中有奸相。

　　　　　　　义山啊,肩挑日月乃丈夫,

　　　　　　　莫将相思挂心上。

　　　　　　　细细回想师长言,

　　　　　　　孰重孰轻自掂量。

李商隐　恩兄!

　　　　（唱)商隐蒙训,又羞又愧实难言,

　　　　　　　兄长之话,激发壮志在心间。

　　　　　　　大丈夫,应将江山收满眼,

　　　　　　　且把那,相思笑付酒杯间。

　　　　　　　一杯酒,消春寒,

手足情深暖心田,
两杯酒,解愁颜,
不使锦瑟空断弦!
三杯酒,相聚欢,
酒底高歌不成眠。
剑横腰,秋水寒,
月光耀,锦袍灿,
虹霓胆气冲霄汉,
何须畏惧道途难。
他日跃马出平川,
铁血写就丹青卷,
弹剑且唱凉州词,
尽揽日月入诗间!

令狐绹 好,好,好,豪气干天,这才是李家的好儿郎,令狐家的好门生,我的好兄弟! 来,再把酒斟满,你我今夜不醉无归。

李商隐 兄长请!

令狐绹 请!

〔二人举杯饮尽。令狐绹又将酒斟满。

令狐绹 来,再尽一杯,为我壮行!

李商隐 (惊)兄长!

令狐绹 爹爹有病在身,我要替他老人家出征,平息叛军。(手抚佩剑)我这把剑,还没有痛饮过敌人的鲜血,这一次,定将夙愿得偿!

李商隐 (由衷地)恭喜兄长,贺喜兄长!

〔两人再饮。

令狐绹 这一杯,愿义山早日壮志得酬,不负此生!

李商隐 (激昂地)有恩师和兄长在前,商隐不敢辱命!

令狐绹 好,(拔剑)你我兄弟好久没有比试了,让我看看你有没有被儿女之情消磨了锐气!

李商隐 (拔剑)兄长小心了!

〔两人比剑,剑光纵横,伴着笑声!

第三出

〔暮春。明月夜。王府花园。

〔幕后合唱:清晖照见孤影斜;

　　　　　金鸡惊散枕边蝶;

　　　　　相见要待何年月?

　　　　　难数心事多少结。

〔含嫣、杜鹃上。

杜　鹃　小姐,你快看啊,多日不来花园,别的花都残了,牡丹却开了!

含　嫣　(唱)羡牡丹花好,

　　　　　三春过后犹自娇;

　　　　　怜玉样容貌,

　　　　　小窗幽梦萦怀抱。

　　　　　朝起懒将脂粉调,

　　　　　镜中黛眉为谁描?

　　　　　我纵将这韶光轻抛,

　　　　　更有何人知晓?

杜　鹃　(安慰地)小姐,你看月儿又圆了,人,也一定会团圆的。

含　嫣　(唱)风凉夜半见月明,

　　　　　月圆月缺皆心惊。

　　　　　多情应照绮罗筵,

　　　　　莫探深闺寂寞人。

　　　　　人寂寞,诗犹新,

　　　　　读尽零乱梧桐影。

　　　　　映梧桐,花落红,

　　　　　暮春竟似有秋声。

　　　　唉,

　　　　(吟)鸳鸯可羡头俱白,

　　　　　飞来飞去烟雨秋。

杜　鹃　小姐,依我看,李相公他定然知道小姐是女儿身,也明白小姐的心意!

含　嫣　就算他明白,又有什么用呢?

　　　　(唱)婚姻之事难自主,

　　　　　　　父母来定三生路。

　　　　　　　爹爹他心恨令狐楚,

　　　　　　　我千般相思无处付!

杜　鹃　可,可咱们还是得想个法子才好呀!

含　嫣　(唱)两家之仇不化解,

　　　　　　　秦晋之好断难偕!

杜　鹃　要不,还是求求夫人吧!

含　嫣　只怕娘在大事上,还是要听爹爹的!(徘徊,遥望远方)

杜　鹃　小姐,无论如何,还是试试吧!或许,夫人会有法子呢!

　　　　〔含嫣犹豫,随手拨弄着琴弦。

杜　鹃　小姐,再等下去,我只怕……

含　嫣　怕什么?

杜　鹃　那李相公会娶令狐家的小姐了!

含　嫣　(黯然)那,那也由不得我。

杜　鹃　(看她的表情)小姐,我看那李相公比小姐还可怜,他就算有
　　　　心,却哪知小姐你是谁,家住何处,小姐啊,你若就此作罢,只
　　　　怕那李相公真的要抱憾终身了。

含　嫣　(惊,拨断琴弦)是啊,我为何就只想到自己的苦,我,我竟然没
　　　　有想到他的苦,实是比我的还要多! 杜鹃,你这就去请我
　　　　娘来!

　　　　〔王夫人上。

杜　鹃　小姐,夫人来了。真巧啊!(低声地)小姐,我先下去了。
　　　　(下)

含　嫣　娘亲。

王夫人　儿啊,你一个人在这做什么?

含　嫣　娘,女儿见月色喜人,故在此赏月。

王夫人　赏月?赏月怎么都赏出眼泪了?

含　嫣　(慌乱地)哦,也许是适才有砂迷了眼。

王夫人　好女儿,你是否有什么心事,不妨向娘讲出来?

含　嫣　(低头)女儿的心事,只怕娘也帮不了!

王夫人　女儿啊,你若不说,娘也没有法子。你爹爹近日说了,女儿大了,该许配人家了!

含　嫣　(惧)娘,我不要出嫁。

王夫人　女儿啊,

　　　　(唱)你是娘的掌上珍,

　　　　　　娘怎舍你离我身,

　　　　　　可男婚女嫁是常理,

　　　　　　娘只愿你遇贴心人。

含　嫣　娘亲!(哭)

王夫人　女儿啊,你若真有意中人了,只管和娘说,娘定能替你作主。

含　嫣　(跪下)娘啊。

　　　　(唱)娘啊娘,女儿的心事,心事……

王夫人　讲呀,什么心事?

含　嫣　(唱)女儿心事只一件,

王夫人　哎,我知道,继续讲。

含　嫣　(唱)一件心事两头难,

王夫人　(急)讲出来呀。

含　嫣　(唱)两头难,怕只怕,

　　　　　　娘也只能袖手观。

王夫人　唉呀,你不说,娘有什么为难的?

含　嫣　(唱)袖手观,娘要为儿心生怜,

　　　　　　不如女儿自承担。

　　　　　　若是今生难遂愿,

　　　　　　娘啊,

　　　　　　只怕儿福薄命短再不能尽孝膝前!

王夫人　(吓坏了)含嫣啊,你这是要急死娘啊?好女儿,你只管说出来,不过,你要是想进宫做娘娘,娘可没有法子啊。

含　嫣　(唱)玉堂金马儿不想,

　　　　　　只求春来燕成双。

王夫人　(旁)说了半天,才说到了正题上。真是急死老身了。(对含嫣)他是哪家的公子?

含　嫣　娘,他姓李名商隐。只是,含嫣的心,他还不知道呢。

王夫人　啊?(旁)我这个女儿啊,行事实在荒唐古怪得很。

含　嫣　娘啊,这便是第一个难处。

王夫人　这确是一个难处。那第二个难处呢?

含　嫣　(唱)娘愿为儿解忧愁,

　　　　　　　爹爹他也难点头。

王夫人　哎,家务事向来是娘作主,哪轮得着你爹爹管呢?

含　嫣　娘啊,只怕含嫣之事爹爹他是定要管的!

王夫人　哼,我偏不要他管,你只管讲来娘听。

含　嫣　女儿心许之人,是,是那令狐家的门生!

王夫人　啊?令狐楚的门生?唉呀,女儿,你爹爹最恨的就是那个令狐
　　　　楚,你,唉,你呀!

含　嫣　(悲声)娘啊,

　　　　(唱)儿知娘也不原谅,

　　　　　　　看起来,儿此生夙愿定难偿。

　　　　　　　娘啊,

　　　　　　　儿若是命断残阳,

　　　　　　　你切莫为儿悲伤。

　　　　　　　儿不能尽孝高堂,

　　　　　　　只愿儿的娘珍重福寿长。

王夫人　(大悲)含嫣,我的女儿,你不要哭了,哭得娘心都碎了。好好
　　　　好,娘答应你,一定让你如愿以偿。你可要为娘好好活下
　　　　去啊。

　　　　〔母女俩哭作一团。杜鹃上。

杜　鹃　夫人,小姐,老爷来了。

含　嫣　娘,我先走了。

王夫人　也好,杜鹃,好好伺候小姐,不许她再瘦下去了。

杜　鹃　夫人,杜鹃知道了。

　　　　〔含嫣、杜鹃伴下,躲在假山后面。

　　　　〔王茂元上,沉着脸不说话,径直坐下。

王夫人　(旁)呀,看这样子老爷是在生气,我得先劝劝他。(对王茂
　　　　元)老爷,老爷啊,你为何郁郁不欢?

王茂元　(猛拍了一下桌子,唱)最是可恨令狐楚,

今日一本将我参。

说什么,我读书为儒非将才,

只能立朝做文官。

眼见得,十万兵权将到手,

却不想,烟消云散顷刻间。

〔含嫣和杜鹃面面相觑。

王夫人　(旁)糟了,看起来真的要糟了。唉,女儿啊女儿,你真是给娘找了个大麻烦。

王茂元　哎,夫人,你为何在这里团团转,转得老夫眼都花了。

王夫人　老爷。我,(突然故作哽咽,跪下)老爷啊,女儿恐怕是活不长了。

王茂元　(吓了一跳,赶紧扶她)夫人起来,这话从何说起? 女儿不是好好的吗?

王夫人　(不起,哭,唱)女儿是我半条命,

　　　　　　　　　女儿去了我命难存。

王茂元　(吓坏了)这,这到底是怎么回事? 唉呀,夫人,你先别哭了。

王夫人　(唱)黄泉路,母女二人能作伴,

　　　　　　　老爷你,孤身一人可要自珍。

王茂元　胡说,什么死不死的,晦气。有事只管说出来,还有我王茂元解决不了的!

王夫人　算了,就算说出来你也是不答应。(放悲声)含嫣啊含嫣,你可千万要等着为娘啊!

王茂元　(奇怪地)这难道与我还有什么相干? 夫人,夫人!(无计可施)好了,夫人,你想怎样不妨说出来,我答应便是了。

王夫人　你真的答应?

王茂元　答应答应,唉,我真是怕了你们女人的眼泪。起来说吧。

　　　　〔王夫人起,附耳细语。王茂元欲怒,被王夫人按住,接着听。

　　　　〔杜鹃也与含嫣耳语。

杜　鹃　(笑)小姐,你看夫人也会用你这招水淹三军之计了。

含　嫣　(羞)什么水淹三军啦,不许胡说。

杜　鹃　哼,你适才和夫人……

含　嫣　嘘。

〔王夫人终于语毕。

王茂元　（思忖，突然长笑）哈哈哈哈——

王夫人　（吓）老爷，老爷，你怎么了？

王茂元　哈哈哈哈——

王夫人　唉呀老爷，你笑什么呀？笑得我心里发毛。

杜　鹃　小姐，杜鹃我心里都发毛了。老爷定是生气了。

〔含嫣无言泪下，转身欲走。

杜　鹃　小姐，再等等吧！

王夫人　老爷，你若想骂人就骂吧，千万不要气成这个样子。

王茂元　夫人，我不生气。我这是高兴。

王夫人　（不敢相信）高兴？那李商隐可是，是令狐楚的门生。

王茂元　李商隐才华横溢，令狐老儿的奏章都是出于他之手，唉，这样
　　　　的人才，却在令狐老儿身边，老夫实在是眼热啊。哈哈哈。

王夫人　眼热你还笑什么呢？不许笑了，说完再笑。

王茂元　（唱）夫人啊，你来想，
　　　　　　　李商隐和含嫣拜了堂，
　　　　　　　我便多了个好智囊，
　　　　　　　令狐老儿却失臂膀，
　　　　　　　这岂不是，喜事好事来成双，

王夫人　（喜）啊，这么说，你就是同意了？

王茂元　（唱）双喜临门，我自然满心欢畅！
　　　　哈哈哈！

〔含嫣喜，杜鹃笑她，二人下。

王夫人　唉，早知道是这样，我就用不着哭哭啼啼的了，真是的。

王茂元　啊，夫人在说什么？

王夫人　哦，没什么没什么。只是，女儿说还不知道那李商隐的心意
　　　　如何。

王茂元　啊？嘿，夫人啊夫人，说了半天，我这是空欢喜一场啊。

王夫人　什么空欢喜？含嫣哪点配不上那个李商隐？只是得想个法子
　　　　去探探他的意思。

王茂元　这些事，全凭夫人拿主意。

第四出

〔暮春。李商隐寓所书房。

〔幕后合唱:风断连理枝,

欲会无佳期,

离愁别恨无人识,

唯有清风明月知。

〔安童和令狐绚上。

安　童　相公,相公。奇怪,怎么人又不见了? 令狐公子,你且坐坐,我去寻相公。

令狐绚　等等。安童,你家相公近来心情如何?

安　童　还不是那个样子! 我看这个相公呀,没准是丢了魂! 公子你坐,我先去了。

〔安童下。

令狐绚　丢了魂? 说得好,这个义山,真是丢了魂了!

〔李商隐上。

李商隐　(喜)一早便闻鹊声叫,却是兄长凯旋了。(说罢上下打量令狐绚)

令狐绚　(奇怪地,也自我审视一番)怎么? 是我今天穿得不对吗?

李商隐　不是,我是看兄长是否完好归来。

令狐绚　(笑)你多虑了。我不过一介书生,说是带兵打仗,也不过是纸上谈兵,哪有机会真正上阵杀敌呢。

李商隐　大将之才,自然是运筹帷幄,决胜于千里之外,谈笑间便可轻取敌人项上头颅。(隐隐地有些失落)不知何时,我这把锈剑也可供兄长差遣?!

令狐绚　快了,我看快了! 不过不是供我差遣,而是为圣君效命!

李商隐　兄长此言何意?

令狐绚　你还不知道自己今科高中了吗?

李商隐　(疲倦地坐下,漠然)我知道。

令狐绚　义山,你看上去不甚高兴,怎么回事?

李商隐　唉,这个进士并不是我一己之功,全靠恩师一手促成,我何喜之有？

令狐绹 你呀你，又来了，真是酸腐的书生之见。

（唱）朝廷选官不看才，

你如此执著何苦来？

李商隐 （唱）想商隐，

满腹锦绣在胸间，

壮怀激荡问青天，

今却见，

东楼舞罢西楼宴，

谁知春风尤带寒？

令狐绹 （不悦地）义山，你这话可说得太重了。你这是责怪父亲，还是责怪天子呢？

李商隐 商隐不敢。

令狐绹 我知道你心绪不佳。不过，由爹爹保荐，你很快就会放出去做官，到时只怕你忙得没有时间再想这些风月之事了。

李商隐 （叹息）兄长言之有理。（振作地）兄长放心，商隐做官，必定造福一方百姓，不负恩师教诲！

令狐绹 是啊，义山，你可得好好为我家争气。你是爹爹的得意门生，大家都会看着你的。你要做好官，但更重要的是做一个有用的官。

李商隐 有用的官？

令狐绹 你到任之后，要清楚手下的官员哪些是李党的人，哼，要将他们统统换掉！

李商隐 （肃然）兄长此言差矣！

（唱）商隐读书无私心，

胸怀天下系苍生！

但求尽展一身才，

上报君师知遇恩。

想商隐，早已深受排挤苦，

何忍加诸旁人身！

令狐绹 （无奈）你，你呀，真是个书生！太天真了！这些话，你可不要对爹爹言讲！他会怪你忘恩负义！

李商隐 恩师秉性,我也知道,可商隐认为……

令狐绹 (有些生气)我不和你争,我不和你争!你这些书生意气,一旦入了官场,不用多久,自然会消磨掉的。我先走了。

李商隐 令狐兄留步。

令狐绹 还有什么事?

李商隐 兄长真的不肯告诉我……

令狐绹 (生气地)义山,

　　　　(唱)你自许,胸怀苍生志远大,

　　　　　　　却为何,儿女私情放不下!

　　　　莫说我不知道,就算知道,也不会透露半点儿,

　　　　　　　令狐绹在此奉劝你,

　　　　　　　此事最好就此作罢!

　　　　〔令狐绹拂袖下。

李商隐 (惊谔)兄长为何突然发怒呢?就此作罢?只怕我做不到!

　　　　(惆怅地徘徊着)若我真的要放官出去,只怕更难找到她了!

　　　　李商隐啊李商隐,你该如何是好呢?

　　　　(唱)曾几时,

　　　　　　　我还道,儿女情,一笑可付酒杯间;

　　　　　　　却不想,

　　　　　　　酒杯空,壮志灰,唯留断肠诗千篇!

　　　　　　　佳人去也,

　　　　　　　水送流年,

　　　　　　　锦瑟蒙尘青玉案,

　　　　　　　青锋空悬锈迹斑。

　　　　　　　漫卷诗书无心看,

　　　　　　　独立东风怕凭栏。

　　　　　　　玉人啊,

　　　　　　　相见何时,再把相思弹?

　　　　〔含嫣和杜鹃着男装上。

杜　鹃 小姐。

含　嫣 嗯?

杜　鹃 公子,想不到老爷竟然同意你和他的婚事,可你还是他心目中

　　　　　　的好贤弟呢!

含　嫣　　一切且看缘分了。我先进去,杜鹃,一会儿爹爹来时,你看这门若还关着,就敲门进来。

杜　鹃　　知道了!

　　　　　〔杜鹃下。

　　　　　〔含嫣轻叩门。

李商隐　　好大的风啊!(斜倚榻上,继续看书)

　　　　　〔含嫣继续叩门。

李商隐　　(起身,望窗外)没有风啊!

　　　　　〔含嫣再叩门。

　　　　　〔李商隐若有所悟,走到门边。

含　嫣　　难道家中无人?难道,我们真的无缘?!(失望,泪欲下)

　　　　　〔李商隐拉开了门。

　　　　　〔两人蓦然相见,不由呆住了。

　　　　　〔幕后合唱:天上人间两相顾,

　　　　　　　　　　这魂牵梦萦的人儿,怎辜负?

李商隐　　(良久)你,你来了!

含　嫣　　来了,我来了。(哽咽了,泪悄悄地涌了出来)

　　　　　〔两人都说不出话了,李商隐不由得拉住含嫣的衣袖,深情凝望。

　　　　　〔幕后合唱:莫道离别才消魂,

　　　　　　　　　　重逢更知相思深!

　　　　　〔含嫣突然惊醒,抽回衣袖,回首偷偷拂去泪水。

　　　　　〔李商隐请含嫣进去,随手关上了门。

李商隐　　(深情地)小姐,你终于来了。

含　嫣　　我来,(惊)你叫我什么?

李商隐　　(唱)小姐啊,

　　　　　　　你红妆素裹我知晓,

　　　　　　　我的苦心你却不明了。

　　　　　　　原以为,

　　　　　　　匆匆一别相会少,

　　　　　　　却不料,

东风又送芳芬到。

含　嫣　（又羞又气）原来你早已知道，却还一直和我兄弟相称，你，你……

李商隐　我怕呀！

含　嫣　怕什么？

李商隐　（唱）怕玉人，欲走还留愁上愁，
　　　　　　一半儿相思一半羞！

含　嫣　（羞）我，你，我还以为你是个君子，你却如此胡言乱语？

李商隐　（笑）哦？那请问小姐来此何意啊？

含　嫣　（更羞）我，我，我……我这就走。

李商隐　（急）小姐，是商隐说错话了，小姐莫怪。（停）莫非，你真不明白我的心意？

含　嫣　（低低地）我，我如何不明白。

李商隐　小姐啊，
　　　　（唱）昨夜星辰昨夜风，
　　　　　　画楼西畔桂堂东，
　　　　　　身无彩凤双飞翼，
　　　　　　心有灵犀一点通。

含　嫣　（唱）斜倚阑干伤晓风，
　　　　　　杨柳青青小寺东，
　　　　　　最羡彩凤双飞翼，
　　　　　　碧海千重心意通。

李商隐　（唱）忆当初，意外相逢，
　　　　　　芙蓉面，魂牵梦中。

含　嫣　（唱）却怕东风吹落红，
　　　　　　流水无情恨无穷。

李商隐　（唱）花落春归不关风，
　　　　　　水流千载，方是我情思无穷。

含　嫣　义山！

李商隐　含嫣！

含　嫣　（唱）西窗夜，别情万种，
　　　　　　蜡烛泪，滴来更浓。

李商隐　(唱)愿与卿,月明相共,

　　　　　　将柳丝,系住萍踪。

含　嫣　(唱)愿与君,生死相从,

　　　　　　却又恐,关山阻隔千万重。

李商隐　纵关山阻隔千万重,我也不怕。小姐,你若有意,商隐即刻上门提亲。(喜孜孜地)敢问小姐芳名?不知府上何处?

含　嫣　(低低地)我叫王含嫣,我爹爹名讳上茂下元。

李商隐　王茂……啊,你爹爹便是……

　　　　　〔李商隐愣在当场。

含　嫣　义山,我一直未对你言明身份,便是怕你陷入这两难之境。

李商隐　含嫣。

含　嫣　李牛两党势成水火,看起来,你我今生……(掩面)

李商隐　(见含嫣伤心,安慰地)含嫣,不要担心,想儿女亲事,与政事何干?(低低地,似乎连自己也不太相信,不由来回转圈,搓手嗟叹)与政事何干?

含　嫣　(渐渐退至门边)义山,你不要为难。我来,只是想看看你,心愿既了,我也该走了。

　　　　　〔含嫣毅然推开户门,欲走。

李商隐　(急)含嫣!

　　　　　〔含嫣站住,并未转身。

李商隐　(低声)我只是要娶你,并非投靠王家,(叹息)唉,想来恩师应当明白。

含　嫣　可是我爹爹和你恩师……

李商隐　王大人饱读诗书,必定通晓事理。(停顿、思忖、振作)他两人同朝为官,即使政见不合,也为的是同一个朝廷,同一个君王,同一个天下。既是如此,何来势成水火之理呢?

含　嫣　(转身)你想好了?

李商隐　想好了。

含　嫣　你决定了?

李商隐　(毅然)决定了!

　　　　　〔含嫣反手关上了门。

李商隐　(上前,握住含嫣的手)你,放心……

〔杜鹃上,拍门。

杜　鹃　小姐! 小姐。

〔李商隐开门。杜鹃闯进。

杜　鹃　小姐,不好了,老爷来了。

含　嫣　(佯)啊,爹爹来了?（欲往屏风后躲)

李商隐　(拉住她)含嫣,相信我,心若诚,金石可开。

含　嫣　(深深望着他)义山,我相信你。

〔王茂元上。

王茂元　(吼)含嫣,好你个大胆的小贱人!

含　嫣　爹爹!

李商隐　(深深一揖)学生见过王大人。

〔王家父女俩对视一笑。

王茂元　李商隐,你竟敢拐带我王茂元的女儿,胆子不小啊!

李商隐　王大人请息怒。听学生解释。

王茂元　还有什么好解释的。哼哼,莫非这便是令狐楚的好家风!

李商隐　请王大人口下留情,不要侮辱在下恩师。此乃学生私事,与恩师无关。

王茂元　(唱)骂一声,李商隐,你形骸放浪,
　　　　　　辱我女,害老夫,名节有伤。

含　嫣　爹爹。

王茂元　(唱)不孝女,瞒父母,擅出闺房,
　　　　　　男不男,女不女,成何模样?

含　嫣　(佯哭,跪)爹爹。

〔李商隐欲扶起含嫣。

王茂元　住手,你休要玷污了我女儿的千金之体!

李商隐　(单膝跪下)大人,请容学生陈情。

王茂元　有什么好说的? 你要说,老夫我还不想听呢。

〔含嫣急,对父亲摇头。

王茂元　哦,哦,好,你说吧。且慢,你不是文才出众吗? 把要说的话作诗一首,让老夫看看你是否徒有虚名。杜鹃,把小姐扶起来。

〔含嫣不起,指李商隐。

王茂元　李商隐,你也起来吧。

李商隐　　谢大人。

　　　　　〔二人起。

王茂元　　(唱)杜鹃点上一枝香,

　　　　　　　　香尽诗不成,就拿他上公堂。

杜　鹃　　(偷笑)是,老爷。哦,李相公,这是你家,还是烦劳你自己点香吧。

　　　　　〔李商隐点香。三人偷笑。

李商隐　　哦,学生失礼,还没有为大人上茶。请稍待。

　　　　　〔李商隐下。

杜　鹃　　唉呀,这个李相公,倒是一点儿都不着急呢。

王茂元　　女儿,你看为父演的如何?

含　嫣　　适才爹爹眼睛瞪得好大,女儿还真有些儿害怕呢。

王茂元　　是吗?哈哈哈,你看那李商隐可是成竹在胸,故而有恃无恐?

杜　鹃　　还不是老爷故意的,明知道他诗做得好,还偏叫他作诗。还是老爷最疼小姐。

王茂元　　(得意地)哈——

　　　　　〔刚笑出一声,含嫣、杜鹃同时嘘他。但他又忍不住,于是仰天无声地大笑起来。

　　　　　〔李商隐上。

李商隐　　(奇怪地)大人,你这是在……

王茂元　　(万分尴尬)我,我……

杜　鹃　　(笑)适才老爷在打喷嚏。

王茂元　　啊,是啊,是啊。

李商隐　　大人,请用茶。

王茂元　　李商隐,香已过半,你还是好好想想你的诗吧。

李商隐　　不急不急。学生听闻大人虽为将家子,但却多读鸿儒之书,写得一手好字,学生想烦请大人见赐墨宝,供学生临摹,不知大人意下如何?

王茂元　　(听得高兴之极)哈哈哈,好好好,老夫喜欢你这样谦逊的人。杜鹃,笔墨伺候。

杜　鹃　　是。啊,不对呀,老爷,您还是改天再写吧,您看这香……

王茂元　　哦哦,是是是。(脸一板)李商隐,休要顾左右而言他。香将灭,你的诗呢?

李商隐　（从容地）杜鹃,取我的锦瑟来。

　　　　〔杜鹃取来。

李商隐　（抚瑟,吟）楼上黄昏欲望休,

　　　　　　　　玉梯横绝月中钩。

　　　　　　　　芭蕉不展丁香结,

　　　　　　　　同向春风各自愁。

王茂元　哦,以日月不能相连,来寓指有情人不能谐和,好,好,语意清
　　　　新,用辞深曲,情致极胜,好诗,好诗。

　　　　〔含嫣和杜鹃相视而笑。

李商隐　（瑟声突变激越,唱）山上离宫宫上楼,

　　　　　　　　　　楼前宫畔暮江流。

　　　　　　　　　　楚天长短黄昏雨,

　　　　　　　　　　宋玉无愁亦自愁。

含　嫣　啊,义山你……（望父亲,不敢尽言）

王茂元　（神色凝重）登楼远望,山势高峻,江流曲折,"楚天长短黄昏
　　　　雨",你这句恐怕是指当今国事不容乐观,连宋玉这样的人亦
　　　　会为之感到忧愁。

李商隐　（推瑟而起,肃立）是。

王茂元　（沉思,突然脸色一变,唱）李商隐,你竟敢恃才放浪!

　　　　　　　　　　小书生,讽国事其罪何当?

李商隐　（唱）丹心一片本坦荡,

　　　　　　　书生忧国何谓狂?

王茂元　（直视李商隐）哦?那你是否觉得自己怀才不遇,心有不平呢?

李商隐　（唱）读书人,当以天下为己任,

　　　　　　　怎奈何,青云路上荆棘生。

王茂元　荆棘生? 你可是讽刺有人把持朝政,堵塞贤路?

李商隐　似乎如此。

王茂元　似乎如此? 那你来说说,堵塞贤路的,是姓李的,还是姓牛的?

李商隐　大人,学生观当今朝中大臣,莫不出于李、牛二党,党人交相援
　　　　引,贤路自会堵塞,使无党之人无路可走。至于是姓李的还是
　　　　姓牛的,不用学生多言。

〔王茂元瞪着李商隐,李商隐坦然地与他对视。

杜　鹃　　小姐,看起来不妙啊,老爷好像马上就要骂人了,你快去劝劝李相公不要再说了。

含　嫣　　(黯然)这是他最想说的话,且由他说去吧!

王茂元　　(发出惊天的笑声)哈哈哈,含嫣,不愧是爹爹的好女儿,有眼光! 好,好,(围着李商隐走了一圈)哦,你还挂着剑,怕是装腔作势吧?

李商隐　　学生愿向大人请教两招。

王茂元　　(喜)好好好,走,找个地方让老夫试试你的剑术。走。(狠狠地拍拍李商隐)

李商隐　　大人这边请。

〔王茂元大笑着下。

李商隐　　含嫣。

含　嫣　　义山。

杜　鹃　　相公都快把我和小姐吓死了。

李商隐　　含嫣。

含　嫣　　义山。

王茂元　　(内,喊)李商隐,快来呀!

〔李商隐温柔地握了握含嫣的手,转身捧起锦瑟,递给含嫣。下。

杜　鹃　　小姐,这就成了吗?

〔含嫣拥着锦瑟,喜极而泣。

杜　鹃　　真是太好了,我们不管老爷了,赶紧回去报夫人知晓。走吧,小姐。

〔两人下。

〔幕后合唱:月圆有时缺,

　　　　　　缺月终再圆。

　　　　　　尽言托锦瑟,

　　　　　　直须待和弦。

第五出

〔夏。令狐府前。

〔李商隐上,忧心忡忡地原地徘徊。

〔令狐府家人上。

李商隐 敢问恩师病情如何了?

家　人 李相公,老爷还是卧床不起。

李商隐 烦你再去通报一声,说商隐前来探望恩师。

家　人 (叹气)李相公,不用通报了。老爷说过不见你,连门都不许你
　　　　进,你还是回去吧。

李商隐 那少爷呢?

家　人 少爷在伺候老爷。他也说不想见你,李相公,你回去吧。

〔家人下。

〔李商隐烦闷地在门前徘徊。

李商隐 (唱)想那日,
　　　　　　探望恩师病榻前,
　　　　　　情意融融谈笑欢,
　　　　　　喜将婚事对师言,
　　　　　　却不想,
　　　　　　恩师他拍案怒将欢颜换!
　　　　　　他说道,两家仇,
　　　　　　盘根错节似藤将树缠,
　　　　　　要许婚姻,除非是,
　　　　　　将藤和树来一起砍!
　　　　　　恩师怒颜,
　　　　　　而今历历在眼前,
　　　　　　商隐我,
　　　　　　千思万想无计可施这可怎生办!

〔令狐绹推门出。见李商隐,转身欲回。

李商隐 兄长请留步。

令狐绹 你还来做什么?你莫非是嫌家父还有一口气在?

李商隐　兄长何出此言？商隐对恩师，便如对身生父母一般。

令狐绹　这样的话，你今后不用再说了，要说，便去说给王茂元听。

李商隐　（唱）兄长啊，

　　　　　　　兄长怒气且消散，

　　　　　　　莫将商隐来责难，

　　　　　　　师徒情深不敢忘，

　　　　　　　此心昭昭可对天。

令狐绹　（唱）天地本混浊，

　　　　　　　黑白难分辨。

李商隐　（唱）我与兄，同读共游整七载，

　　　　　　　相知相惜情意在。

令狐绹　（唱）人心深难测，

　　　　　　　肺腑皆相隔。

李商隐　（唱）兄长啊，

　　　　　　　万语千言，难表肝胆！

　　　　　　　兄长若能疑难散，

　　　　　　　我情愿，

　　　　　　　苍天之下盟誓愿。

　　　　（李商隐单膝跪下）商隐若有此心，天地不容。

令狐绹　（语气缓和）义山，你先起来吧。我适才说的那些话，都是别人在家父耳边所言。

李商隐　兄长可否容商隐往恩师病榻前，亲诉实情？

令狐绹　他是真不愿见你。义山，你这次要娶王茂元的女儿，实在是伤透了他的心。

李商隐　商隐不知恩师将此事看得如此之重。

令狐绹　你或许还不知道，如今朝中局势已变，李相被贬，牛大人当权。你那位岳父大人已是自身难保，你跟了他，也没有前途。

李商隐　兄长，商隐本就没有投靠之心，你，你还是不信我。

令狐绹　家父一直想把小妹许配于你，却怕她配不上你这块美玉。家父之心，你当明了。

李商隐　（哀婉地）我知道。

令狐绹　你未娶，小妹未嫁，都是老人家放不下的事。若你们能谐连理,他一高兴,说不定病也会好起来。

〔李商隐低着头,不说话,握佩剑的手剧烈地抖动着。

令狐绹　你忘了自己说过的话吗? 虹霓胆气冲霄汉,何须畏惧道途难!
　　　　你真要为儿女之情断送了前途吗?

〔李商隐痛苦地回避着令狐绹的眼光。

令狐绹　(抓住他)义山啊义山,你为何就放不下那王含嫣? 她比小妹
　　　　美吗?

李商隐　(唱)两个婵娟,实是一般儿美貌。

令狐绹　她比小妹对你更好吗?

李商隐　(唱)兰心蕙质,皆是千般的关照。

令狐绹　那小妹有哪一点不如她?

李商隐　无他,唯有灵犀一点,两心相知而已。

令狐绹　(瞪着他)相知? 难道家父爱惜你七年,便不了解你吗? 我这
　　　　个做兄长的又如何?

李商隐　(不知该如何说)兄长,这,这不一样,不一样!

令狐绹　唉,我那可怜的老父亲啊!
　　　　(唱)可怜他,须发皆冰霜,
　　　　　　　可怜他,沉疴命难长,
　　　　　　　可怜他,错怜中山狼,
　　　　　　　可怜他,遗恨满腹愿难偿。

李商隐　(不由惨然,鼻酸,跪下)恩师,是商隐不孝,商隐不孝。

令狐绹　要知道,家父怜你之心,实未曾改过。

李商隐　(感动地)兄长。

令狐绹　你若想尽孝,还有机会,且去老父病榻前认错。

李商隐　(为难地)兄长。

令狐绹　(扶起他来,唱)从今后,王家亲事休再言,
　　　　　　　　　　　师徒一笑释前嫌。

〔李商隐被逼到走投无路的境地,呆立当场。

〔含嫣上。

含　嫣　义山。

李商隐　(大惊)含嫣,你怎么来了? (望向令狐绹)

令狐绹　(怒)王含嫣,家父还没有断气,你便要来扬威了吗?

王含嫣　（上前，行大礼）含嫣见过令狐世兄！

令狐绹　（避开不受）哼！

王含嫣　含嫣来求令狐世兄，请让义山去看看令狐老大人！

令狐绹　你凭什么来求我？若不是你，我家定然还是和从前一样，其乐融融，果然古人说得好，红颜，祸水也！

李商隐　（忍不住）兄长！

含　嫣　（拦住李商隐）含嫣是为义山来的。世兄可知在义山心中，老大人便是再生父母。老大人病重以来，义山没有一天好过的，一直都在后悔，责怪自己惹恼了老大人！

令狐绹　哼，为何我就看不出他的悔意来？

含　嫣　义山已经对我爹爹说了，要将婚期推迟，等老大人病好。

令狐绹　哼，惺惺作态！尽是虚情假意！

李商隐　（看着含嫣，不忍地）含嫣，你还是先回去吧。

含　嫣　义山！（哭了）
　　　　（唱）义山啊，
　　　　　　　　谁人可知你凄苦，
　　　　　　　　心伤更向何处诉？
　　　　　　　　我怎忍心自归去，
　　　　　　　　留你独受这万般痛楚。
　　　　　　　　君知否，
　　　　　　　　在门前，你痛苦煎熬一步步，
　　　　　　　　一步步，踏碎我心似黄连苦！
　　　　　　　　黄连苦，竟还不如君心苦，
　　　　　　　　苦只苦，情义两难计安出？
　　　　　　　　看茫茫前程多歧路，
　　　　　　　　义山啊，
　　　　　　　　愁风怨雨，
　　　　　　　　怎知何处是归途？
　　　　　　　　何处是归途？

李商隐　（忍了许久的泪水终于夺眶而出）含嫣！

含　嫣　义山！（深深地注视着他）义山，我想了好多天，想了好久，也想不出有什么法子可以帮你！不如，（悲）不如你我的婚事就

　　　　　　此作罢。

李商隐　　（大悲）不！不！

含　嫣　　只要你我心意相通，便分隔天涯又何妨？

李商隐　　不，不行！不能这样！含嫣！你不能离开我！只有你，才明白
　　　　　　我，明白我的心！你若走了，我这颗心也就要死了！

含　嫣　　（悲恸）我，我也一样，义山，我也和你一样！

　　　　　〔两人不由相向而泣。

令狐绹　　（怒道）李义山，你到底想好了没有？

李商隐　　（看看含嫣，握着她的手，毅然地，缓慢地）兄长！我娶定了王
　　　　　　含嫣！

令狐绹　　（勃然大怒）你，你，你……好你个薄情寡义的李义山！

　　　　　〔令狐绹怒气难遏，不由拔剑便刺，李商隐不躲不闪，含嫣挡，
　　　　　　令狐绹手一偏，剑中李商隐手臂。鲜血涌出。

李商隐　　（不顾自己，急看含嫣）含嫣，你有没有伤到哪里？

含　嫣　　（急看李商隐）啊，义山，你，你受伤了！

　　　　　〔令狐绹见状，手一软，剑坠地。

令狐绹　　好，好，好，李商隐，这一剑，便了结了你和我令狐家的恩怨！
　　　　　　从此往后，你我便成陌路，永不往来。

　　　　　〔令狐绹下。

李商隐　　兄长！（向令狐绹去的方向跪下）
　　　　　　（唱）兄长啊，

　　　　　　　　　一剑起，断情义，心身俱伤，
　　　　　　　　　伤在身，痛彻心，更觉凄凉，
　　　　　　　　　一颗心，本皎洁，似月悬天上，
　　　　　　　　　理难辩，情难诉，无限悲怆，
　　　　　　　　　恩如山，情似海，难舍难忘，
　　　　　　　　　情难舍，恩难忘，怎不断肠？
　　　　　　　　　进退间，男儿泪，长流千行。
　　　　　　　　　李商隐，问师长，更问上苍，
　　　　　　　　　此情此景，当作何主张？
　　　　　　　　　作何主张？作何主张？

含　嫣　　（也跪下，扶着李商隐，哽咽）义山！

〔内传出嘈杂的人声。突然静。

令狐绹　（幕后悲呼）爹！爹爹啊！

　　　　〔李商隐身形顿立，冲到门口，拼命拍门。

李商隐　（声嘶力竭地）恩师！恩师！

　　　　〔家人出。

家　人　（哭）李相公，老大人他……刚刚过世了！

李商隐　（一声惨呼）恩师。（不及思索，回剑向颈）

含　嫣　（惊呼）义山！（伸手夺剑）

　　　　〔李商隐状似疯狂，一把推开含嫣。含嫣撞倒在地上。李商隐
　　　　也摔倒在地！

　　　　〔安童和杜鹃上。

安　童　相公！

杜　鹃　小姐！

　　　　〔安童扶住李商隐。

安　童　相公，你伤到含嫣小姐了！

李商隐　（突然惊醒，低呼）含嫣！（爬过去，抱住含嫣）含嫣！含嫣你
　　　　醒醒呀！

含　嫣　（慢慢睁开眼睛，紧紧地抓住李商隐，微弱却坚决）义山！你若
　　　　去了，我绝不独活！

　　　　〔李商隐无语，仰头望天，泪珠一颗一颗地滴落了下来！

　　　　〔两人紧紧地依偎着，良久。

第六出

　　　　〔冬。十里长亭外。

　　　　〔幕后合唱：楼上黄昏欲望休，

　　　　　　　　　　玉梯横绝月中钩。

　　　　　　　　　　芭蕉不展丁香结，

　　　　　　　　　　同向春风各自愁。

　　　　〔李商隐挽含嫣上。安童挑着担子，杜鹃背着锦瑟，捧着酒具。

李商隐　含嫣，到亭内来歇歇吧。

　　　　〔杜鹃将酒具和锦瑟放在亭内小几上。李商隐扶含嫣坐下。

含　嫣　义山,此去路途遥远,天寒地冻,你可要多珍重。

李商隐　含嫣,莫要为我操心了,你也要为我保重才是啊!

　　　　〔夫妻深情对望。

　　　　〔安童和杜鹃在亭外。

安　童　我家相公怎会被派到千里之外,去当了个小小的县尉,真是想不通。

杜　鹃　听我家夫人说,这都是令狐公子干的好事。

安　童　不会的,令狐公子和我家相公可是好兄弟呢。

杜　鹃　什么好兄弟?夫人说,令狐公子一直怪姑爷气死了他爹。唉,也怪姑爷太穷了,害得小姐只能回娘家去。

李商隐　含嫣,是我无能,新婚燕尔,就要离你而去。

含　嫣　义山,

　　　　(唱)自与君相逢,

　　　　　　唯求此生结丝桐。

　　　　　　而今菱花双影重,

　　　　　　已是三生梦。

李商隐　(唱)卿似彩蝶迷晓梦,

　　　　　　千般思量此心同。

　　　　　　此去蓬山诉情衷,

　　　　　　月暗星明梦中逢。

含　嫣　(唱)君去也,锦书繁,

　　　　　　莫使断肠听孤雁。

李商隐　(唱)举步天涯近,

　　　　　　回首云山远。

　　　　　　一重山,两重山,千重万重山外山,

　　　　　　两心相系难隔断。

含　嫣　义山,你此去,一时的得失荣辱,不要在意。

李商隐　含嫣,我知道。还记得我曾和你说过的话吗?李商隐此心昭昭,可表日月,万事尽力而为,但求无愧于心。何况,有你之后,此生便了却了相思债,苦亦不苦了!

含　嫣　(无限深情地)义山!

　　　　〔夫妻深情对视。良久。

〔幕后合唱：身无彩凤双飞翼，

心有灵犀一点通。

〔安童和杜鹃进亭。

安　童　相公，可以走了吗？

含　嫣　义山。

李商隐　（扶住她的肩）杜鹃，将离别酒斟上。

杜　鹃　是。（斟酒，奉与二人）

〔令狐绹上。

令狐绹　把酒给我也斟上一杯。

李商隐　（喜出望外）兄长！

含　嫣　令狐世兄！杜鹃，拿酒来。

杜　鹃　哼。

〔含嫣亲手将酒斟上，奉至令狐绹面前。

令狐绹　（接过，对李商隐）这一杯，是你的好友令狐绹喝你的喜酒。含嫣，想你我幼年，青梅竹马，不谙世事，反倒是最好的日子。来，请。（三人一饮而尽。）

〔含嫣再斟酒。

令狐绹　义山，这一杯，是你的兄长令狐绹喝你的送别酒。前途茫茫，得失自知！

〔两人一饮而尽。含嫣再斟酒。

令狐绹　义山，你这次贬官，与我无关，是先父同僚所为。

李商隐　我从来没这样想过，更没有怪过兄长。

令狐绹　你背弃师门，受人唾弃，真的没有后悔过？

李商隐　商隐从不曾背弃师门，无愧于天，何悔之有？

令狐绹　（直视着他）好，很好，李商隐，这第三杯，是你的政敌令狐绹喝你的挑战酒。

〔李商隐愣住了。

令狐绹　我若放过你，便是对先父不孝。情义难两全，我和你一样。

〔令狐绹一饮而尽，抛掉酒杯，不顾欲去。

李商隐　兄长请留步。商隐有一诗相赠。

含　嫣　（将锦瑟置于身前）义山。

〔李商隐点头。含嫣拨动琴弦。

李商隐　(吟)锦瑟无端五十弦，
　　　　　　一弦一柱思华年。
　　　　　　庄生晓梦迷蝴蝶，
　　　　　　望帝春心托杜鹃。
　　　　　　沧海月明珠有泪，
　　　　　　蓝田日暖玉生烟。
　　　　　　此情可待成追忆，
　　　　　　只是当时已惘然。
　　　　〔令狐绹闻诗，大震，行至李商隐面前，欲言又止，终掉头而去。
李商隐　(深深一揖，深情地)兄长走好！
　　　　〔含嫣走到李商隐身边，握住了他的手，两人对视一下，同时望
　　　　向令狐绹的背影。
含　嫣　你的心意，他会明白的。
　　　　〔李商隐扶着含嫣的肩头，轻轻拍了两下，默默无语。两人并
　　　　肩而立，良久。
含　嫣　(缓缓地)天色不早了。
李商隐　我，也该走了。(将杯中酒饮尽)含嫣，请为我抚琴一首，卿自
　　　　珍重。
含　嫣　义山！
李商隐　商隐去也！
　　　　〔含嫣含泪弹起了锦瑟。
　　　　〔安童挑上担子，随李商隐渐远去。
　　　　〔幕后合唱：盛世繁华已成空，
　　　　　　　　　　晚唐飘摇风雨中。
　　　　　　　　　　乱世难酬书生志，
　　　　　　　　　　壮思满怀何堪用？
　　　　　　　　　　辜负了，射雕宝弓，
　　　　　　　　　　消散了，碧血长虹，
　　　　　　　　　　千古遗恨寄诗中，
　　　　　　　　　　而今犹觉句句痛。

——全剧终——

剧 本 阐 述

《锦瑟》的缘起，是一个偶然。

2004 年，正值我做硕士毕业论文和准备考博的忙碌时分，却陷入了对越剧的迷恋之中。于是，在多少个挑灯苦读的夜里，越剧 CD 陪伴始终。同时，我在闲暇之余，也开始学着写唱词自娱，将那些烂熟于心的动人诗词，以另一种方式铺陈出来，感觉如同锦上绣花般，愈发灿烂。但有时又不免觉得不满足，没有情境烘托的唱词，宛如无根之花，美则美矣，可惜缺乏强烈的生命感。

一日，我为写唱词翻读《李商隐诗词疏注》。之前读李商隐的诗词注本总是信手翻阅，从未认真读前言。那天，却不知为何，竟有心情细读起前言，其中有这么一段：在十分看重李商隐才华、着力栽培他的令狐楚死后，李商隐娶了泾源节度使王茂元的女儿，却一生为这段婚姻所累。令狐楚为牛僧孺党重要成员，而王茂元则为李德裕党的武将。故此，令狐楚之子令狐绹认为李商隐忘了家恩，从此对他深恶痛绝，在仕途上对他多加打击。李商隐一生，郁郁不得志，与此颇有关联。但他中晚期，却执着地写了许多赠与令狐绹的诗篇，字字句句，无不情真意切，令人动容。

我读到此处，不禁掩卷沉思：对诗人李商隐而言，这桩婚姻意味着什么？对书生李商隐而言，这桩婚姻又意味着什么呢？当情义两难全的时候，李商隐会做出何种选择？这种选择，又如何凸显出他诗人独特的个性与气质？如何令他虽无悔但又终难释怀？这一个李商隐，与晚唐以及整个唐朝，乃至整个古代的其他诗人，相似甚多，但相异又何在呢？在我与师妹罗琦的探讨中，这个以"锦瑟"为题的故事日渐酝酿成熟。而李商隐的气质，与越剧又有天然的契合。于是，便有了现在的越剧剧本《锦瑟》。

次年，《锦瑟》获得第二届老舍青年戏剧文学奖优秀奖。正是从《锦瑟》开始，我转入了戏曲创作，并一直走到今天，在中国戏曲学院任戏曲写作的专业教师。至此,《锦瑟》于我,已经不仅仅是处女作的意义了。

2010 年春、夏间,应上海越剧院的要求对《锦瑟》做了几次大的修改。与五年前的作品对照,方觉得时光流转,一切变迁,虽默然不觉,但好在一路走来,悲喜沉浮,我们离李商隐似乎更近了。

在修改中我一次次重读当年的剧本,发现无论是在技巧上的日渐圆熟,还是对剧中人物理解的加深,都使得我再也没有五年前写《锦瑟》时的天真烂漫、意气飞扬了;而那个单纯而深情、理想尚未被现实彻底摧残的李商隐,也就被永远留在了过去。

所以,选入本书的还是第一版《锦瑟》,以此纪念我逝去不再的青春岁月,以及自此开始的戏曲创作之路。

六场越剧

辛 弃 疾

胡 叠

人　物　（按出场顺序）

辛弃疾　字幼安，中年自号稼轩。徐派小生。

辛　嘉　辛弃疾随从，族侄。小生。

范　氏　辛弃疾之妻，皇亲。青衣。

辛子飞　辛弃疾之子。小生。

可　卿　抗金义军首领耿京未婚妻，张安国之妹。青衣。

宝　珠　可卿侍女。花旦。

张安国　抗金义军将领。小生。

佩　兰　金国人，辛弃疾青年时期恋人。花旦。

范如山　辛弃疾妻兄。老生。

第一出

〔幕后合唱：一生荣辱如何说，
　　　　　　旧愁新恨不言多。
　　　　　　当年纵马踏敌营，
　　　　　　如今弹剑且为歌。
　　　　　　轻舟一棹去千里，
　　　　　　江水奔涌向碧落。
　　　　　　但将痛饮杯难举，
　　　　　　水天更映人成各。

〔宋绍熙二年秋。

〔船上，辛弃疾背立。辛嘉上船头眺望。

辛　嘉　大人……

辛弃疾　辛嘉，我早已被罢黜，而今不过一介布衣，这"大人"二字，你为何还是改不了？

辛　嘉　是，小叔，前面不远，便是建康城了。

〔辛弃疾徐徐转身，欲上船头，辛嘉前去搀扶，辛弃疾拒绝，疾步上船头。

辛弃疾　（叹）快到了，流年似水，不觉竟是三十年过去了。

辛　嘉　说起来，我们三十年都没去过建康城了。小叔，听说可卿小姐成亲之后，一直都住在建康。我看今日天气不好，今夜是否就

	停宿在建康,正好前去见她一面。
辛弃疾	可卿……她过得好便好了,何必再见!辛嘉,传令下去,哦不,吩咐船家高挂云帆,全速前进……
辛　嘉	(喜)直奔建康而去?
辛弃疾	不,往下一个码头停靠!
辛　嘉	啊,这……是,小叔。(下)
辛弃疾	建康城,可还是当年模样?

辛弃疾　　(唱)三十年,乾坤萧瑟还依然,
　　　　　　　　残山剩水谁人怜?
　　　　　　　　三十年,空有长剑难倚天,
　　　　　　　　悲歌不绝解雕鞍。
　　　　　　　　三十年,宦海沉浮人已倦,
　　　　　　　　元龙老矣华发添。
　　　　　　　　三十年,江南风景还似前,
　　　　　　　　花底笙歌丝竹欢。
　　　　　　　　谁曾见,大漠孤烟苍穹远,
　　　　　　　　朔风更吹铁衣寒。
　　　　　　　　万马奔驰似惊雷,
　　　　　　　　英雄白骨遍关山。

〔范氏携子飞上。

子　飞	(扶着母亲)母亲,小心点。
辛弃疾	(转身扶住范氏)夫人怎么出来了?小心江风急凉!
范　氏	不妨事的,(笑)稼轩,儿子有好东西急着要给你看呢。
子　飞	(高兴地呈上手卷)父亲,请看。
辛弃疾	这是?(惊喜)子飞,你把我的诗词都整理出来了?嗯,字写得不错,功夫没有白费啊!
子　飞	多谢父亲夸奖。
辛弃疾	哦,还是按编年来抄写的,子飞,你花了不少心思呀!
子　飞	父亲的诗词都有年款,时间先后,一看便知。不过还有一些诗词,没有线索,我正想问问父亲。
辛弃疾	问问你母亲不就知道了。
范　氏	恰好我也不知道。

辛弃疾　（奇怪地）哦？拿来我看看。

　　　　〔子飞取出诗页，双手呈上。

　　　　〔辛弃疾接过一看，不由愣住了。

　　　　〔子飞期待地望着父亲，而范氏故意走到船边，望向远方。

辛弃疾　（吟）蛾儿雪柳黄金缕，

　　　　　　　笑语盈盈暗香去。

　　　　　　　众里寻他千百度，

　　　　　　　蓦然回首，那人却在，灯火阑珊处。

　　　　〔幕后，佩兰的声音。

佩　兰　那人却在，灯火阑珊处？辛大哥，那人是谁呀？

辛弃疾　（笑道）昨日元夕，我们一起去赏灯，是谁半路走丢了呀？

佩　兰　（喜）哦，是我呀，我还以为你是在想可卿……辛大哥，你答应
　　　　我，日后每年元夕，我们都一起去看花灯，好吗？

辛弃疾　（思绪万千，不由喃喃道）佩兰，佩兰。

子　飞　父亲。

辛弃疾　（惊醒）哦？

子　飞　父亲，我还有一事要问呢。

辛弃疾　你说。

子　飞　父亲你看，由乾道元年到乾道四年，整整三年，父亲没有一篇
　　　　诗作，却是为何？我查过了，这三年父亲不在朝中为官，莫非
　　　　是云游四海去了？

辛弃疾　乾道元年到乾道四年，是啊，是整整三年，（凄然）这三年，我到
　　　　哪里去了？

　　　　〔场上暗，只有追光打着辛弃疾。恍惚中，佩兰持剑缓缓走
　　　　过来。

佩　兰　你要走了？三年了，你还是要走？

辛弃疾　（愧疚地）佩兰，是我辜负了你。

佩　兰　你没有辜负我，你只是骗了自己，我的辛大哥！你，你终是汉
　　　　人，而我，终是金人。

　　　　（望向空中）可卿，没想到还是你说对了，是我，我太傻。

辛弃疾　可卿？佩兰，你当明白，我要回江南，和可卿并无关系。你等
　　　　着，等我收复河山，我一定会再回来。

佩　兰　(凄然地)收复河山！你，难道从没有想过，在你刀枪之下，死去的是金人，是我的族人！我也是金人，你何不先杀了我？

辛弃疾　(愕然)佩兰，你，你……

佩　兰　三年前，你说要和我归隐山林，我好高兴，我以为，那些杀戮的日子会永远过去。(惨笑)我真是傻啊，我真是傻！你要当英雄，你就去吧！可卿啊，还是你说得对！

　　　　〔佩兰突然举剑自刎，白衣溅上斑斑血迹，宛如桃花一般艳丽。

　　　　〔辛弃疾愕然呆住。

辛弃疾　(蓦然狂呼)佩兰，佩兰！

　　　　〔突然电闪雷鸣。全场暗，灯光再起，幻象消失。

子　飞　(焦急地)父亲，父亲！

范　氏　稼轩，你怎么了？

辛弃疾　(恍如隔世一般看着两人，陌生地)你们……(顿然醒悟)哦，我这是怎么了？

子　飞　父亲适才就像是魂儿出了窍，大喊什么"拍栏、拍栏"的。

范　氏　(拉拉他)胡说什么呢？进去吧，别打扰你爹爹了。

　　　　〔辛嘉上。

辛　嘉　小叔，船家说风急浪大，不如在建康城停歇一宿。

子　飞　太好了，太好了，我还没去过建康城呢，听说那里有好些名人胜迹呢，像萃秀园……

辛弃疾　还是赶路要紧！

子　飞　父亲！母亲！(哀求地望着母亲)

范　氏　稼轩，我身体有些不适，不如……不过，我们还是听你的。

辛弃疾　(看看母子二人，叹)既然夫人身体不适，那就在建康城停歇一晚吧。子飞，和母亲去收拾行李吧。

子　飞　是，父亲。(回身想起，又回转)父亲，那三年……

辛弃疾　(强笑)父亲这一生有太多的三年，要记起这三年来，总要些时间。去吧。

　　　　〔范氏携子飞下。辛嘉伺立一旁。

辛弃疾　(望向远山，无限怅惘)三年！不忍说，不敢提的三年啊！

　　　　(唱)曾以为，往事已矣如尘烟，

　　　　　　有谁知，回首历历在心间。

　　　　　　一番错爱失恩义，

　　　　　　生死相隔何凄然。

　　　　　　谁道英雄无柔肠，

　　　　　　欲说又能向谁言？

　　　　〔可卿乘船上，逆向而行。

宝　珠　小姐，江风太大，你身子不好，还是放下帘子吧。

可　卿　是啊，江风还是这样大。也好，你就放下吧。

　　　　〔两条船擦肩而过。

　　　　〔辛弃疾下。

　　　　〔宝珠沉思不语。

可　卿　宝珠，宝珠。

宝　珠　小姐。

可　卿　你在想些什么呀？

宝　珠　小姐，我说了你可不要急，我适才好像，好像看见他了！

可　卿　他？（突然波浪一翻，站立不稳，宝珠赶紧扶住她，可卿紧紧抓
　　　　住宝珠的手）你说的他是谁呀？

宝　珠　小姐，适才那船头上站着一个人，真像是当年的辛公子，好
　　　　像呀。

可　卿　真的？你可曾看清楚了？

宝　珠　我也不知道，小姐，毕竟已经三十年了。

可　卿　（喃喃地）三十年，一别已是三十年了！

　　　　（唱）江水东去难再还，

　　　　　　残阳斜照不忍看。

　　　　　　一带青山伤心碧，

　　　　　　似当年，肠断衫湿垂柳岸。

　　　　　　三十年离恨萦满怀，

　　　　　　三十年人月难两圆。

　　　　　　三十年怕见雁飞去，

　　　　　　流年似水改朱颜。

　　　　　　三十年弦唱梁州曲，

　　　　　　欲说还休梦已阑。

宝　珠　小姐，你怎么又哭了？

可　卿	宝珠,吩咐下去,掉转船头,我们回去找他。
宝　珠	哎呀,小姐别忘了,我们家的少将军可是他害死的,小姐的一生也为他所误,像他这样无情无义之人,小姐你还见他作甚?
可　卿	宝珠,我见他,不过是要问一件事而已。
宝　珠	小姐,我却不信。
可　卿	(坚定地)信不信都罢,去,调转船头,我们回去!
宝　珠	好好好,我怕了你了,我们回去,回去。(出,对船夫)调转船头,回建康城去!

〔幕后合唱:多情自古伤离别,
　　　　　百年悲欢情难灭。
　　　　　情难灭,心难舍,
　　　　　一点相思几时绝?

第二出

〔三十年前。
〔宋绍兴三十一年夏。
〔耿京军营内。
〔张安国、辛嘉及将士们在营门前张望。

张安国	(忍不住)辛嘉,你家公子至今未回,莫不是出了什么意外?
辛　嘉	(气定神闲地)张将军且放宽心,只管静待我小叔的好消息。

〔军士上。

军　士	报!
张安国	讲!
军　士	我等未发现辛将军和义端叛贼的踪迹。
张安国	啊! 下去。(对辛嘉)这……
辛　嘉	(还是不慌不忙)不妨事的,不是还有两路人马吗?

〔宝珠上。

宝　珠	少将军。
张安国	宝珠,你为何来此?
宝　珠	少将军,小姐让我来问,那辛弃疾辛公子是否来了咱们营中?
张安国	是来了,不过……

宝　珠　（喜,不待他说完,唤）小姐,小姐,快来呀!
　　　　〔可卿上。
可　卿　见过哥哥。（嗔怪地）宝珠,何以高唤低叫?
宝　珠　小姐,你那……
可　卿　（羞）什么? 我那什么?
宝　珠　（笑）小姐,那个辛弃疾,他真的来了!
可　卿　（轻声地）他果然来了? 他真的来了?
张安国　可卿,他是来了,不过,现在又走了。
可　卿　啊,他,他这就走了呀?
张安国　唉,
　　　　（唱）今日里,全军上下齐整装,
　　　　　　　随将军,恭迎公子到营帐。
　　　　　　　却不料,副将义端存叛心,
　　　　　　　他乘机,盗走了军印向北往。
　　　　辛公子他闻此事,一马单骑,追那义端而去了。
可　卿　呀,哥哥你为何不阻拦?
张安国　不及阻拦!
可　卿　耿京将军他为何不多派人马随公子前去?
张安国　公子一骑绝尘而去,将军已派出三队人马前去寻找了。
　　　　〔军士上。
军　士　报! 禀将军,我等未见辛公子和那义端和尚的踪迹。
张安国　下去。（忧心地）都怪我,都怪我没有拦住他呀!
　　　　〔军士上。
军　士　报! 禀将军,我等未见辛公子和义端的踪迹。
张安国　呀,这这这……（跺脚）这可如何是好?
辛　嘉　将军无需担忧,我小叔定会安然而返。
张安国　唉,你有所不知,这义端乃是武僧出身,一身好武艺鲜有敌手,
　　　　两个张安国也难以匹敌。
　　　　〔众人皆是心神不定。连辛嘉也坐不住了。
　　　　〔军士上。
军　士　报。
张安国　（期待地）是辛公子回来了吗?

|军　士|将军,适才我等在江边,抓住了一个自江北而来之人。|

〔男装的佩兰被带上。

张安国	(无心细听)定是金人奸细无疑,拉下去杀了就是。
军　士	是。
佩　兰	放开我,你们放开我,放开我!

〔军士们推佩兰下。

〔可卿注意地看了看佩兰,低声吩咐宝珠,宝珠下。

〔张安国、可卿、辛嘉各自低头徘徊,良久。

〔突然,幕后传来欢呼:

"公子回来了! 辛公子回来了!"

〔军士们齐上。

|军　士|报将军,辛公子回来了!|

〔三人喜。

张安国	将士们!
将　士	在!
张安国	整齐队伍,恭迎辛公子!
将　士	得令!

〔队列排开。

〔辛弃疾上,一手提着红布包,一手捧着军印。

将　士	(单膝跪下,齐呼)恭迎辛公子。
辛弃疾	众家将军快快请起! 张将军,(笑)辛弃疾前来缴还军令。(将手中红布包扔到了地上,将军印双手送上)张将军,请收验!
张安国	(喜)军中大印! (俯首看红布包)义端的首级,哎呀,辛公子,请受张安国一拜。

〔身后将士们齐齐拜倒。

|辛弃疾|(笑着扶起张安国,唱)金兵狼烟犯中原,|

你我同为保江山。

丹心一片救国难,

张兄你何须把谢言?

|可　卿|哥哥。|
|张安国|对了,可卿快来见过辛公子,辛公子,这是舍妹可卿,素来最是仰慕你的文采。|

〔可卿盈盈下拜,辛弃疾赶快还礼。

〔两人起身相看,皆是一惊。

张安国 辛公子,耿京将军还在等你呢,请。

〔宝珠上,对可卿低语。

可　卿 公子慢走。

张安国 可卿还有何事?

可　卿 哥哥,适才那人,你只怕杀她不得。

张安国 那人? 哪人呀?

〔军士将佩兰带上。

辛弃疾 (不经心地看,惊,再看,大惊)佩兰,是你!

佩　兰 (悲喜交加)辛大哥……(扑了上去)

辛弃疾 (莫名惊喜)佩兰,果真是你?!

佩　兰 辛大哥! (哭了起来)

辛弃疾 (心疼地)佩兰,你这是怎么了? 如此消瘦? 如此憔悴?

佩　兰 我……(泣不成声)

张安国 (惊诧万分)可卿,这是怎么回事?

可　卿 适才哥哥你心气浮躁,不曾注意到这是位乔装改扮的小姑娘。
　　　　我只恐哥哥你误杀了好人,故此让宝珠前去询问,不曾想这位
　　　　姑娘原是前来寻找辛公子的。

辛　嘉 (倒抽一口凉气)哎呀,我也没留心,差点害了佩兰的性命。好
　　　　险呀。

佩　兰 小辛嘉,我若死了,做鬼也不放过你!

辛　嘉 两年不见,你怎么还是这么凶巴巴的,一点都没有变!

佩　兰 哼……

辛弃疾 (打断)佩兰,快去谢过这位姑娘的救命之恩。

佩　兰 (看看可卿)我不去,他们还没有向我赔罪呢。

〔张安国十分尴尬。

辛弃疾 (忙岔开)张将军请先,我随后便去。

〔张安国和可卿等下。

辛弃疾 是了佩兰,你为何来到此地?

佩　兰 (唱)这一言,勾起了,伤心往事。

　　　　　　辛大哥,你可知,我父兄双逝。

辛弃疾　（惊）父兄双逝？可是得了什么病么？

佩　兰　（唱）我父兄，无病痛，身体康健。

辛弃疾　那是为何？

佩　兰　（唱）都只为，两国交兵，战事频繁。

　　　　　　　　我兄长，被征召，沙场征战，

　　　　　　　　可怜他，阵中亡，尸骨无还。

　　　　　　　　老父亲，年半百，犹披战袍，

　　　　　　　　可怜他，将命送，难享天年。

辛弃疾　（惊）这么说，他们都被强征入伍，来和我大宋交战了？

佩　兰　不只我家，还有好多邻里乡亲的家中，都有人战死。辛大哥，
　　　　他们都说，都说是你在领兵打仗，说你在咱们金国长大，却掉
　　　　过头来杀咱们金国人！

辛弃疾　（黯然）不错，我是在金国长大的。不过，我辛家却是大宋的子
　　　　民，而江北的大片河山，也都是我大宋的国土。

　　　　（唱）想当初，朝廷南迁求偏安，

　　　　　　　　先祖父，滞留江北保家安。

　　　　　　　　无奈仕金三十年，

　　　　　　　　丹心不改，总伤我河山多破残。

　　　　〔幕后合唱：脚下是故土，

　　　　　　　　　　　胡骑任游荡，

　　　　　　　　　　　江是遗民泪，

　　　　　　　　　　　悲号随波浪。

辛弃疾　（唱）我自幼读书在济南，

　　　　　　　　济南自古多圣贤。

　　　　　　　　家国忠义不敢忘，

　　　　　　　　此生永记在心田。

　　　　　　　　想不到，不曾见我酬壮志，

　　　　　　　　祖父他，心怀遗恨别人间。

　　　　　　　　我拜别祖父灵堂前，

　　　　　　　　遣散家人奔江南。

　　　　　　　　揭竿而起兴义兵，

　　　　　　　　告慰祖父心方安。

佩　兰　你说这些话,我,我还是听不太懂。

辛弃疾　佩兰,若非金兵南侵,挑起两国纷争,你的爹爹和兄长,就不会死了。

佩　兰　可他们不是这样说的……不过,辛大哥,我信你的,不信他们的!

辛弃疾　(苦笑)小佩兰,一别两年,你还是和从前一样。

佩　兰　(泫然)不一样了,如今的佩兰已经无家可归了。

辛弃疾　(深情地)佩兰,辛大哥的大营就是你的家。你放心好了。

佩　兰　(纵身入怀,喜极而泣)辛大哥,我就知道你也没变,还是和从前一样。

〔两人相拥而立。

〔辛嘉故意咳嗽两声。

〔佩兰害羞地离开辛弃疾,瞪一眼辛嘉。

辛　嘉　小叔,耿京将军还在等着呢。

辛弃疾　(思忖)辛嘉,你先送佩兰回营去。

〔佩兰不舍,辛嘉拉她。

辛　嘉　(长嘘一口气)佩兰啊佩兰,你胆子也太大了,明知道两国交兵,还来送死!

佩　兰　(止不住地又想哭)我,我……

辛　嘉　别哭了,我们走吧。不过,你千万别说自己是金国人,千万别说,可要记住了!

〔两人下。

第三出

〔两年后。宋绍兴三十三年春。

〔建康城。

〔幕后合唱:义军南归宋朝廷,

　　　　　奉旨抗金捷报频。

〔可卿和宝珠在萃秀园里。

宝　珠　小姐,我们还是回去吧。

〔可卿不理她,犹自拨弄着琴弦。

宝　珠　小姐,连皇上都钦赐了金银珠宝代耿京将军下聘礼,这可不同以往了,我的小姐!

可　卿　你又不知道我找他何事,不必多言。

宝　珠　哼,小姐的心事,怕是只有我知道,连你那哥哥,我们家的少将军都不知道。

〔可卿还是沉默地拨弄着琴弦。

〔宝珠也没法子了,只得也坐了下来。

〔辛弃疾和佩兰上。

佩　兰　辛大哥,还是你自己去吧,她说了只让你一个人去。

辛弃疾　(笑)我答应过你,除非上战场,否则不管到哪里都带着你,我可不会食言。

佩　兰　那你上殿见你的皇帝,为何不带我?

辛弃疾　我怕皇上知道你是个小金国人,一刀就把你咔嚓了!

佩　兰　哼,他敢!

辛弃疾　好了,到了,进去吧。

佩　兰　我真不去了,辛大哥,

　　　　(唱)我知可卿有所愿,

　　　　　　芳心暗许实堪怜。

　　　　　　到如今,她婚期将至,

　　　　　　只怕是,欲见你面了凤愿。

　　　　　　佩兰不是铁石人,

　　　　　　此情理当来成全。

辛弃疾　佩兰,我看可卿寻我乃另有要事,非为儿女私情。

佩　兰　反正我是不去了,辛大哥,你知道我最喜欢这萃秀园,我自己去逛逛好了。

辛弃疾　也罢,那你可别走远了,走掉了我可不去找你!

〔佩兰哼一声走了。

辛弃疾　(闻琴声,不由停步,惆怅)唉,可卿,可卿小姐,

　　　　(吟)琴声悠扬自多情,

　　　　　　蛾眉宛转情更真。

　　　　　　平生最怕负深恩,

　　　　　　偏见对花伤怀人。

〔辛弃疾叩门。

〔宝珠开门,让进辛弃疾,自己退出,下。

辛弃疾 (一揖)可卿小姐,辛某来了。

可 卿 辛公子应邀而来,可卿多谢了,公子请坐。(为他斟茶)

辛弃疾 小姐的琴声好动人,情思婉转,慑人心魄,小姐的心事好重呀!

可 卿 可卿请公子前来,正是为着这好重的心事,想请公子为可卿
分担。

辛弃疾 但不知小姐的心事,辛某人能否担得起?

可 卿 辛公子,

(唱)公子率军投庙堂,

忠君保国美名扬。

辛弃疾 辛某投奔朝廷,自不是为了美名。

可 卿 (唱)君可知,义军此后食皇粮,

却是有人喜来有人心中更悲凉?

辛弃疾 (唱)兴义兵本为保家帮,

投朝廷正是理应当!

可 卿 (唱)你只知,忠君为国是理应当,

你不知,灭门之恨更难忘。

辛弃疾 啊,灭门之恨?愿闻其详。

可 卿 (唱)家父本是朝中将,

曾随岳将军守边疆。

想那日,风波亭溅英雄血,

天下百姓痛断肠。

先父上书陈民情,

求皇帝,斩杀奸臣慰忠良。

一封奏疏惹横祸,

合家充军发北疆。

辛弃疾 啊,小姐原是忠良之后,失敬了。

可 卿 (唱)谁料想,充军发配还不够,

流途中,一纸圣旨要断头。

少年苍头相顾怜,

哀声震天天亦愁。

可怜全家几十口,

鲜血合向一处流。

辛弃疾　(唱)听闻惨状心发抖,

恨满胸襟痛泪流。

自古来忠良鲜血写春秋,

不知这惨事何时休?

可　卿　我那时还小,哥哥抱着我躺在血泊之中,叫我不要出声,这才保全了我的性命,而哥哥身上,却为我受了好多刀。

辛弃疾　张将军,好男儿!

可　卿　此后我们兄妹四处流浪,后蒙先父旧部收留,才安定下来。但哥哥矢志不忘灭门之恨,故此一闻耿将军在江南起兵,便前来投奔。

辛弃疾　不忘灭门之恨?(顿然心惊)莫非张将军的用意不在抗金,而在……哦,不,张家本忠良,张将军断不会……

可　卿　(泪下)他会,他会的,他一心只道耿将军起兵,乃是另有图谋,哪知……

辛弃疾　(跌坐)原来张将军心中压着这样的仇恨,这样深的仇恨,如何化解?

〔佩兰偷偷上,四处望望。

可　卿　这几日来,哥哥他神思恍惚,我怕他,我怕他再也忍不住了……

佩　兰　(唱)我说道,可卿之情要成全,

可心里,又是不安又是酸。

眼见得,亭台楼阁花似锦,

满园美景无心看。

不知他两人相见有何言?

不知他两人可会情缠绵?

眼见得四下无人在,

佩兰我悄悄去看一看。

(走到水榭边,踮起脚尖往里看)怎么都不说话?啊,可卿小姐像是在哭呢,哼,美人一掉泪,只怕辛大哥的心就软了呢。我还是在这边看着才好呢。(退至幕后)

辛弃疾	如此隐情,事关重大,可卿小姐你不该随便说出来。(犹豫)那你,你会和安国兄同进退吗?
可　卿	(叹道)我一介弱女子,既已许配了耿将军,便早已认命。只是,我心里好怕。我也想过,一边是国仇,一边是家恨,该亲谁?该恨谁?
辛弃疾	国破家焉在?家国大义才是人之根本。
可　卿	(冷笑)家国大义?辛公子,辛大人,你无丧亲之恨,切肤之痛,你说此话,倒是一派凛然正气。想我爹爹,正是为了这家国大义,断送了全家性命!
辛弃疾	(黯然)唉,自古忠奸不两立,想岳将军何尝不是断送在奸人之手!
可　卿	奸臣?无昏君怎会有奸臣?
辛弃疾	(阻拦)小姐噤声!

〔幕后传来佩兰一声惊叫。

| 佩　兰 | 什么人?! |

〔辛弃疾推门而出。

〔佩兰上。

| 辛弃疾 | 佩兰,什么事? |
| 佩　兰 | 辛大哥,适才我过来,见有个人在窗边偷听你们说话。 |

〔可卿跟出,闻言大惊。

佩　兰	我想抓住他,不想还是被他逃了,不过,我从他身上抢下了这个东西,辛大哥你看。
辛弃疾	(接过来一看)禁军腰牌!(叹,望着可卿)可卿小姐,只怕你们的身世……
可　卿	(黯然)或许这正是天意,辛公子,可卿告辞。
辛弃疾	可卿小姐。
可　卿	(回眸淡然一笑)辛公子,何时风吹清梦醒,回首一笑两相忘。保重。

〔可卿下。

〔辛弃疾怅然若失。

| 佩　兰 | 辛大哥,你真的帮不了她? |
| 辛弃疾 | 不但帮不了她,只怕,也帮不了我自己。 |

佩　兰　怎么会呢?

辛弃疾　(唱)可卿乃是女儿家,

朝廷何苦监视她?

只怕是,有人疑心辛弃疾,

日夜跟随听窗下。

佩　兰　(唱)这真是小人之心度君子,

这样的朝廷不如不要它!

〔辛弃疾赶快捂住佩兰的嘴,四下看看。

佩　兰　辛大哥,你为何变得这样胆小了?

辛弃疾　(唱)不是我胆小怕惹祸,

身在朝廷今非昨。

此心只为保家国,

又何苦,授人话柄挑我错。

佩　兰　可,可他们这样子怀疑你,真让人生气。

辛弃疾　唉,你是不知,我大宋朝廷,从来如此。当初太祖杯酒释兵权,起因便是不信大臣。而今我由北而来,率军新投,被人怀疑是自然的事。好了,我的事不提,那张将军兄妹却如何是好? 张家冤情至今未雪,他兄妹依旧是罪臣之后啊。

佩　兰　我看,不如我带上他们,一起回金国去吧,到了江北,你们的皇帝就没法子了。

辛弃疾　这就是要他们叛国,只怕罪更大了。

佩　兰　什么国不国的,江北以前不也是大宋的吗? 你们家以前不也是大宋子民,后来做了大金子民,也很好呀。

辛弃疾　(怒)胡说!

(唱)国破之恨刺在心,

自古最苦是遗民。

祖父身为家族累,

临终之言痛尤殷。

他说道,宁做弱国贫家子,

休为异邦紫袍臣。

朝见我河山易名姓,

暮闻途中百姓断肠声。

故国残破几经年，
身无依归似飘萍。
山川满目泪沾襟，
我安能长怀此恨度残生？

佩　兰　你这么凶干什么？我还不是想帮他们，哼！

辛弃疾　你，唉，你如此不懂事！

〔辛嘉急上，和佩兰撞到了一起。

佩　兰　讨厌，你跑这么快干什么？

辛　嘉　小叔，不好了。

辛弃疾　何事惊慌？

辛　嘉　小叔，适才，适才张安国杀了耿京将军，投金去了！

辛弃疾　（惊吓之极，喝道）什么？你再说一遍！

辛　嘉　那张安国杀了耿京将军，投金去了，现有军令在此，要你带兵
　　　　去捉拿张安国。

〔辛弃疾愣在当场。

辛弃疾　（痛呼）耿京将军！（突然一惊）不好，可卿小姐……辛嘉，带
　　　　上我的亲兵，速去……

辛　嘉　捉拿张安国？！

辛弃疾　速去护住可卿小姐！快去！

〔辛嘉下。

辛弃疾　（心乱如麻）世事无常，唉，世事无常啊！（茫然地坐下）

〔突然一阵刀枪撞击的声音。辛弃疾蓦地站起，手按到了佩
剑上。

〔辛嘉带着亲兵，护可卿和宝珠上。几个将士持刀剑追上。

佩　兰　啊？辛嘉小心点。我来了。（拔剑要上，辛弃疾拦住她）

辛弃疾　（威严地）都给我住手！

〔佩兰赶快将可卿拉到自己身后。辛嘉带亲兵将她们护住。

众将士　见过辛大人。

李将军　辛大人，恐怕你还不知道，那狗贼张安国杀害了耿京将军，投
　　　　金去了！

辛弃疾　（叹口气）李将军，这事我已经知道了。

李将军　这张可卿乃是张安国的亲妹子，哼，我们要先杀她，用她的头

拜祭将军。

众将士　（激昂地）对，杀了她给将军报仇雪恨！

李将军　辛大人，你也是将军旧部，哼，为何却护着这个小贱人？

〔众人往前逼近一步。辛嘉等人退一步。

辛弃疾　（站立不动，不急不慢地）为将军复仇，辛某人义不容辞！不过，（回望可卿一眼，可卿呆立）不过，你们也知，张小姐乃是耿将军未过门的夫人。

李将军　哼，什么狗屁夫人？我看只不过是张安国的美人计罢了！自古红颜祸水，如今果然害了咱们将军！

辛弃疾　（森然喝道）李将军！（回首轻唤）张小姐请过来。

〔可卿缓缓地走了过来，走到辛弃疾的身边。

〔众将士刚垂下的刀剑又举了起来。

〔佩兰紧张地拔出了剑，可卿却视而不见。

辛弃疾　李将军，众位将士兄弟，不错，张小姐是张安国的胞妹，不过，她还是耿京将军的未亡人，皇上曾钦赐聘礼，谁敢抗旨不遵？将军无家无亲，而今尸骨未寒，将军的后事，只怕还要张……耿夫人一手照料，夫人乃是将军唯一的亲人，（语气渐冷峻）谁要动她，便是对将军不敬，谁敢对将军不敬，休怪我辛某人不客气，要拿他项上人头，告慰将军在天之灵！

〔众将士不由得后退了一步，看李将军。

李将军　（为辛弃疾气势所迫）这，辛大人，但，但那张安国……

辛弃疾　（冷笑一声）是了，你们为何不去捉拿张安国，却来为难耿夫人？

李将军　我们一路追去，见那狗贼已经进了金营中军大帐之中，故此……

辛弃疾　便进了中军大帐又如何？佩兰！

佩　兰　佩兰在！

辛弃疾　你带五十亲兵，护送耿夫人去为将军准备后事。辛嘉！

辛　嘉　辛嘉在！

辛弃疾　你带五十亲兵，随我去闯金营中军大帐，活捉张安国！

辛　嘉　得令！

辛弃疾　李将军，众将士，将军后事，还望诸位尽心，辛某人去了！

众将士　（愣了愣,齐声道）将军放心!

〔众人拥着可卿下。

〔辛弃疾望着可卿的背影,长嘘一口气,领兵下。

第四出

〔一年后。宋隆兴二年夏。

〔幕后合唱:宋廷抗金似儿戏,

　　　　　　新皇登基又合议。

　　　　　　对金称侄纳岁币,

　　　　　　罢黜名将收兵器。

　　　　　　忍见河山半壁残,

　　　　　　英雄泪向何处泣?

〔建康城外渡口。

〔范如山上。

范如山　（四下看看）唉,想当初辛弃疾南渡面君之时,这渡口挤满了前来迎接之人。而今他被罢官,却连一个相送之人都没有! 果然是世态炎凉。

〔辛弃疾、佩兰、辛嘉上。

范如山　幼安,我在此久候了。

辛弃疾　（惊喜）是如山兄,如山兄,多谢你来送我这被黜之人。

范如山　幼安,你且勿灰心,而今新皇初登,朝令夕改是常事。或许不待走远,一纸诏书,又将你招了回来。

辛弃疾　多谢兄长宽怀,只是幼安才疏学浅,怕于朝廷社稷再无用啦!

范如山　哈哈哈,幼安你太过自谦了,

　　　　　（唱）你少年胸怀多慷慨,

　　　　　　　诗魂剑胆人称羡。

　　　　　　　助耿京,单骑截杀贼义端,

　　　　　　　禀忠义,率军投南保帝安。

辛弃疾　（淡然一笑）这些是为人臣的本分而已。

范如山　（唱）还有那,张安国渡江去投金,

　　　　　　　暗杀耿京震天听。

　　　　　　　你五十铁骑闯金营，

　　　　　　　生擒张贼祭耿京。

辛弃疾　（痛苦地）请不要说了。

范如山　（唱）万军中，来去似入无人境，

　　　　　　　毫发无伤缴军令。

　　　　　　　这等的武功胆识人间少，

　　　　　　　怪不得百姓口传称天人！

辛弃疾　（猛然转身，不忍再听，掩饰地）辛嘉，上酒。来，如山兄，请。

　　　　〔两人饮尽。

范如山　幼安你来，（拉辛弃疾到一边）幼安，我有一问，想听你实话。

辛弃疾　请讲。

范如山　这位佩兰姑娘，可是金人？

辛弃疾　（愣）这，（决然）是又如何？

范如山　幼安啊幼安，你果然是少年情怀，不知深浅。实不相瞒，这次
　　　　弹劾你的奏章中，便提及此事，道两国交战之际，你身为主将，
　　　　便该避嫌，这是皇上的一大忌讳呀！

辛弃疾　原来如此，只因一个女子，便罢黜一员大将，哼哼，皇上，你好
　　　　窄的心胸！

范如山　此事也怪不得皇上。唉，他日你如奉诏还朝，这佩兰姑娘，只
　　　　怕是不能一起回来。

辛弃疾　奉诏还朝，哼，

　　　　（悲愤地，唱）朝廷政令多反复，

　　　　　　　　　　我一片苦心都辜负。

　　　　　　　　　　回首征战几春秋，

　　　　　　　　　　伤心织就血泪路。

　　　　　　　　　　眼睁睁山河残破又何如？

　　　　　　　　　　可叹我匹夫有勇长剑孤。

　　　　　　　　　　忠肝义胆，辛氏家谱，

　　　　　　　　　　悲辛滋味，总是辛苦。

　　　　　　　　　　只将万字平戎策，

　　　　　　　　　　换来东家种树书。

　　　　　　　　　　不如归去，

不如归去，
此去歌声满天地，
但将醉眼向江湖。

范如山 唉，你还是年轻气盛啊，幼安，我有一句肺腑之言，不知当讲不当讲？

辛弃疾 请说！

范如山 你乃是忠贞之士，家父对你甚为赏识，有意将小妹许配与你，不知你意下如何？

辛弃疾 （一愣）如山兄，你明知我心有所属，何出此言？

范如山 幼安啊，那佩兰小姐毕竟是金国人。你一身才学，怎能就此一生？你也知道我家乃是皇亲，你我若成一家，则……

辛弃疾 （打断他）如山兄的好意我心领了，无奈辛某人情有独钟，只得辜负你的美意了。

范如山 幼安既然去意已决，我也不再相劝，但是我适才说过的话，望再斟酌。告辞。

〔范如山下。

辛弃疾 我们也该走了。

辛　嘉 小叔，我们要往哪里去？

佩　兰 自然，（警惕地看看四周，低声说）自然是回家去呀。

辛　嘉 （吓了一跳）真的，我们要回江北去？如被人知道了，只怕是要砍头的！不过，我也真的好想回家去，给太爷爷、爷爷和爹娘上柱香。

佩　兰 咱们走吧。

〔走了几步，辛弃疾不由回首望向建康城，怅然若失。

〔幕后合唱：就此一别天涯远，
重逢不知待何年？

佩　兰 （噘嘴）辛大哥定然还在想可卿小姐。

辛　嘉 不是可卿小姐，是耿夫人。

〔三人欲下。

〔宝珠上。

宝　珠 佩兰小姐留步。

佩　兰 （惊喜地）辛大哥，她们终于来了。

宝　珠　我家小姐请佩兰小姐到那边说话。

佩　兰　我？（回首看看辛弃疾）那辛大哥……

辛弃疾　去吧，和可卿，和耿夫人道个别，我们在前面等你。

〔辛弃疾两人下。

〔可卿一袭素缟上。

佩　兰　（拉着可卿的手，同情地）可卿小姐，你瘦多了。

可　卿　知道你们今日要走了，我特来送行。

佩　兰　你等等，我这就去叫辛大哥回来。

可　卿　佩兰，你看我头挽新妇妆，再看我一身孝衣裳，实是不便见他。

佩　兰　我们这一别，不知何时能再见，你还顾及这么多！

可　卿　你们真的不再回来了？

佩　兰　适才辛大哥说了，此去歌声满天地，但将醉眼向江湖。自然是
不回来了。

可　卿　江湖？

（唱）试看天下皆王土，

　　　去向何处觅江湖？

　　　只怕是，今日归去学野鹤，

　　　明朝又闻天子呼。

佩　兰　天子呼也不怕，辛大哥说了不回来，就不会回来了。

可　卿　你，你真的信他的话？

佩　兰　嗯，信，当然信，他从来没骗过我。

可　卿　佩兰，只怕你太天真了，

（唱）他是云中大鹏鸟，

　　　搏击长空怀浩渺。

　　　只待风雷鱼龙动，

　　　展翅翱翔犹自骄。

　　　我看江湖并非他长留地，

　　　此事你心中要明了。

佩　兰　但这次辛大哥真的伤透了心，

（唱）他说道，名利纷扰几时休，

　　　一入官场不自由。

　　　忠肝义胆受疑猜，

　　　　　　　妄洒热血春与秋。

　　　　　　　还不如,归去坐观山中月,

　　　　　　　采菊东篱浑忘忧。

可　卿　(淡然一笑)你以为他真能就此归去,和你浪迹天涯?

佩　兰　(有些生气了)如何不能? 和我不能,难道和别人就可以?

可　卿　佩兰,我还有一句话,不知当讲不当讲?

佩　兰　(不快地)说吧,你说完了,我就走了,辛大哥还在等我呢。

可　卿　佩兰,你不要怪我多言,我只是想提醒你,你毕竟是金人,而你
　　　　的辛大哥是汉人,而且还是汉人的英雄。

佩　兰　(更加不快)我听不懂。

可　卿　(唱)他一身侠骨有柔情,

　　　　　　　柔情虽真却难深。

　　　　　　　花前论诗能一时,

　　　　　　　月下品酒难尽兴。

　　　　　　　一朝沙场硝烟起,

　　　　　　　拔剑方显真性情!

　　　　　　　佩兰啊,你要知他心明他愿,

　　　　　　　来日他若是要归来,

　　　　　　　你无需阻拦也别伤心。

佩　兰　(激动地)你一口一个知他心,便好似只有你是他的知音,哼,
　　　　(唱)我和他,恰似水中并蒂莲,

　　　　　　　不离不弃永相伴。

　　　　　　　纵然是,宋金交战分两端,

　　　　　　　也难拆散这姻缘。

　　　　　　　我以性命来担保,

　　　　　　　他此生不再还江南。

　　　　　　　多谢你好言来相劝,

　　　　　　　就此别过来世见。

可　卿　佩兰等等。

　　　　〔佩兰停住,没有回头。

可　卿　我,我也希望他不要回来。佩兰,或许只有你能让他远离这血
　　　　腥之地,或许只有你能留住他。答应我,真的,不要让他再回

来了。

佩　兰　可卿,我都糊涂了,你到底想说什么呀?

可　卿　(凄凉地一笑)我,我也糊涂了。佩兰,我和你说的这些话,你不要告诉他。

佩　兰　嗯。(见可卿的样子,不忍)好了,你自己保重,我真的走了。

〔佩兰下。

宝　珠　(迷惑地)小姐,你和佩兰小姐说的话,我也听不懂。

可　卿　(痛苦地,潸然泪下,自责)我,我自己也不明白,我究竟是在帮她呢,还是在害她? 我是在同情她呢,还是在嫉妒她? 怕只怕,我放不下的是他?!

宝　珠　小姐,你这番话,我更听不懂了,什么他呀他的,说的都是谁呀?

可　卿　(唱)临别心绪乱如麻,
　　　　　柔肠百折还是他。
　　　　　怨他又想他,
　　　　　恨他又知难怪他。
　　　　　我替兄赎罪捐残生,
　　　　　素妆白缟难忘他。
　　　　　我青灯长伴孤单夜,
　　　　　痛思亡兄难恕他。
　　　　　他琴瑟唱和多恩爱,
　　　　　我独对冷月看落花,
　　　　　坐望夕阳渐西下,
　　　　　断肠孤魂苦无家,
　　　　　都说是红颜自古多薄命,
　　　　　果真是莫怨东风当自嗟?
　　　　　(不由哭倒在地)

宝　珠　(悲)小姐,你有这么多的苦,为何不说出来,你说给辛公子听呀,他定会……

可　卿　不,不,不能让他知道,我只要他记着那个温婉的我,冷静的我,懂他的我,我不要他看见我这个样子。

宝　珠　不说给他听,小姐,你让宝珠为你分担一点也好呀!

可　卿　不到今日分别,我也不知道原来我心里,有这么多可怕的想法。宝珠,我,我莫非是疯了不成?

宝　珠　(哭)小姐,你没有疯,你只是忍得太辛苦了,小姐你不要怕,有我在这里,宝珠会永远陪着小姐。

可　卿　宝珠,不要傻了,你看我,
　　　　(唱)一日日,对着灵位度亡魂,
　　　　　　颂佛经,送走日出夜又昏。
　　　　　　镜中不觉朱颜改,
　　　　　　此情此景有谁问?

宝　珠　不这样下去,又能怎么样呢?

可　卿　(突然镇定了)不,不能这样下去。我不能再想他,也不该再恨他。宝珠,你可记得那日前来提亲的大官人?

宝　珠　(惊)小姐,你要怎样呀?

可　卿　(唱)只当我,人已死魂已散,
　　　　　　空剩皮囊度残年。
　　　　　　过往种种似云烟,
　　　　　　今日一别莫牵绊。

宝　珠　(惊恐地)小姐,你真的要这样做? 真的?
　　　　〔可卿不答,望向辛弃疾等远去的方向,盈盈下拜,三拜而起,
　　　　不顾而去。

宝　珠　(呆呆地)小姐,小姐难道真的疯了? 小姐。(追下)
　　　　〔幕后合唱:相思苦,别离苦,
　　　　　　　　　爱恨交织情更苦。
　　　　　　　　　朝与暮,形影孤,
　　　　　　　　　脉脉此情向谁诉?

第五出

　　　　〔三年后。宋乾道四年秋。
　　　　〔林间木屋。
　　　　〔佩兰和辛嘉猎装上。

佩　兰　(高兴地)辛大哥,我和辛嘉去打猎,你去吗?

〔无人应。

佩　兰　辛大哥,你还在看书呀?你别看了,和我们出去散散心吧。

辛弃疾　(内)我不去,你们去吧!

佩　兰　那我们走了,你等着我们打猎回来,给你烤兔子吃。

〔两人下。

〔辛弃疾持书出。

辛弃疾　(四顾)都走了。唉,为何他们每日里如此开心,而我却全然提不起精神?

(唱)远离朝廷已三年,

三年留连在林间。

我也曾,携手娇娥访春去,

暖风微薰桃花面。

我也曾,双双倦坐柳荫下,

听宿鸟啼归,鸣蝉唱晚。

我也曾,香茗一杯送白日,

举头悠然见南山。

我也曾,轻弓在手射山林,

何惧大雪拥蓝关。

春成夏,秋又冬,看流光似水,

宝剑藏,战马老,愁清闲难遣。

(突然窗外传来一阵阵松涛声,恰似万马奔腾,不由惊喜地)

忽听得,山林间,万马嘶吼,

莫不是,大宋军,席卷西川?

却不知,何人领兵挂帅旗?

是哪位,持戈跃马在阵前?

一时间,只觉热血涌心间,

恨不得,披我旧时战袍脱青衫。

(回首取下墙上宝剑,抽出)

剑鞘蒙尘光犹寒,

渴饮敌血岂等闲。

(又闻马在屋外嘶鸣)

战马虽老心不死,

　　　　愿向沙场闯敌关。
（推门而出，环顾四周，风停，松涛静，失落之极）
呀，可恨狂风乱我心，
　　　　却将慷慨作笑谈！
（将剑掷地上）
　　　　龙泉已非旧时剑，
　　　　只堪书房做琴伴。
　　　　宝马虽有驰骋意，
　　　　迟暮已难配雕鞍。
　　　　我已是，沦落江湖散淡人，
　　　　人间与我有何干？
　　　　且将兵书从头看，
　　　　谈兵论阵纸笔间。
　　　　闲来写就《美芹论》，
　　　　议罢军政论民安。

（烦躁地）
　　　　可怜我，谈尽天下万千事，
　　　　也只能，付与清风明月间！
　　　　放眼望，山林虽大亦有限，
　　　　怎可比，我胸中纵横天地宽。
　　　　我怎能，满腔豪情纸上闲，
　　　　坐看秋颜镜里残？

（怅然徘徊）
　　　　欲回头，回头难，
　　　　一诺千金许佩兰。
　　　　孤女情深怎辜负，
　　　　相濡以沫长相伴。
　　　　欲回头，回头难，
　　　　君恩已绝难遂愿。
　　　　只怕是，空有擒龙好手段，
　　　　只落得，梦里残月照边关，空悲叹！

〔范如山乔装上。

范如山　幼安！

辛弃疾　何人唤我？哦，只怕又是听错了，唉，山中岁月，委实寂寞！

范如山　幼安！

辛弃疾　（开门，惊疑不定）你是？

范如山　（取下金人官帽）是我！

辛弃疾　（大喜）如山兄！

〔两人紧紧拥抱。良久。

范如山　幼安，我找了你整整两年了，终于把你给找到了！

辛弃疾　如山兄找我何事？

范如山　唉，还不是朝中之事。幼安，自你走后，江山日渐凋零啊！

辛弃疾　朝廷不是求和了吗？不是以金银丝绸换得了苟且偷安吗？

范如山　（赞叹地）我看你是人隐心不隐，朝廷的事，你还是挂在心上的。

辛弃疾　（落寞地）那又如何？

范如山　金人狼子野心，反复无常，故此朝中有识之士皆抱着终有一战的决心，暗自练兵，以备他日之需。而皇上也日渐历练成熟，开始近贤良，远奸佞。

辛弃疾　（被触动）那又如何？

范如山　幼安，大丈夫在世，当建功立业，莫为一时失意而消沉。

辛弃疾　功业？名利于我若浮云，闲居山林效渊明。

范如山　（走近书桌，看）《美芹十论》？（翻看，喜）好文章啊！幼安，这样的见识，这样的胸襟，这样的抱负，你只怕是学不了陶渊明。

辛弃疾　（苦涩地）无聊之时随手写来，当不了真。

范如山　（正色道）幼安，你瞒得了别人，可瞒不过自己。（将《美芹十论》收入怀中）文章我带走了，我要为你面呈皇上！

辛弃疾　（迟疑地）如山兄，这……

范如山　你呀，便是为这乱世而生的大将帅才，岂能空度白日！等我的好消息吧，告辞！

〔范如山匆匆离开。

〔辛弃疾如同在梦中一般，呆呆地望着他远去的背影。

辛弃疾　（低低地）回去？回去？真的要回去？

〔佩兰和辛嘉上。

辛　嘉　（不满地）说好去打猎，这么快就回来了，两手空空的，还说要烤野兔吃呢，哼！

佩　兰　辛嘉，你真的不觉得辛大哥近日有些不对劲吗？

辛　嘉　（想一想）也是，好像是有些不对。是不是在山里闷久了？过几日又是元夕了，咱们又该去城里看花灯了。

佩　兰　只是，我担心他不是因为闷，而是……

辛　嘉　佩兰，你想多了。你以为小叔还想着那位耿夫人呀？

佩　兰　我……

辛　嘉　你别想了，小叔可不是那种人，你呀，还不如自己去问他好了。去吧。

〔辛嘉下。

〔佩兰进屋，辛弃疾立在窗前，望着远山发呆。佩兰静静地看着他，他恍然不觉。

佩　兰　（唱）只见他，独自发呆独自想，

　　　　　　有谁知，他心中所思在何方？

　　　　　　难道说，可卿之言非虚妄，

　　　　　　莫非他，花前月下难久长？

　　　　　　三年来，桃源不问世间事，

　　　　　　佩兰我，夜夜焚香谢上苍。

　　　　　　可近日来，他郁郁寡欢渐消瘦，

　　　　　　分明是，怀抱心事他暗自神伤。

　　　　　　他，他不言不语不肯讲，

　　　　　　我，我心酸心疼心又慌。

　　　　　　想起了，临别时可卿一席话，

　　　　　　沉沉压在我心上。

　　　　　　我只怕，一朝鸳梦成幻影，

　　　　　　醒来时，残灯孤影伴昏黄。

　　　　　　到那时，只落得风笑傻雨笑痴，

　　　　　　天地虽大，却难将我佩兰此身来收藏！

〔辛弃疾回首，见佩兰在一旁流泪，愣了一愣。

辛弃疾　佩兰，你，你怎么啦？

〔佩兰不说话。

辛弃疾　佩兰,你……

佩　兰　(突然地)辛大哥,元夕快到了,你还会和我去看花灯吗?

辛弃疾　哦,元夕又快到了,日子过得好快呀!

佩　兰　你去吗?

辛弃疾　(笑)去,自然要去。我不是答应过你,以后每年都要……(突然住口)

佩　兰　都要怎样?

辛弃疾　(掩饰地,低声地)都要和你一起看花灯。

佩　兰　(看着他,不由得长叹一口气)你记得就好,记得就好!(哽咽,转身下)

　　　　〔辛弃疾追了几步,停住。

辛弃疾　(低吟)蛾儿雪柳黄金缕,

　　　　　　　　笑语盈盈暗香去。

　　　　　　　　众里寻他千百度,

　　　　　　　　蓦然回首,那人却在,灯火阑珊处。

　　　　(跌坐,沉默片刻,沉痛地)佩兰,我若走了,你将如何? 我若真的走了,你会怎样?

第六出

　　　　〔宋淳熙九年秋。

　　　　〔建康城内。

　　　　〔幕后合唱:建康城内将梦寻,

　　　　　　　　　　前尘历历还在心。

　　　　　　　　　　街巷阡陌桥头东,

　　　　　　　　　　空见陈迹不见人。

　　　　〔辛弃疾、范氏、子飞、辛嘉上。

子　飞　父亲,都三十年了,你真的还记得萃秀园在哪里呀?

辛弃疾　(苦笑)我记得转过这街角便是了。你很快便能看见,亭台轩榭,定然一如,(语气沉郁)一如当年。

　　　　〔几人转过街角。

辛弃疾　(惊)这这这,这断墙残壁满目的荒凉,这哪里还是昔日的萃秀园?

子　飞　父亲,你真的没有记错?

辛弃疾　断然不会有错。辛嘉,你且去问问,萃秀园如何成了这般
　　　　模样?

辛　嘉　是。

　　　　〔辛嘉下。

　　　　〔辛弃疾推开虚掩的园门而入,四下徘徊。

范　氏　(看看他,叹口气)子飞,来,娘领你四下看看去。

　　　　〔两人下。

辛弃疾　怎会如此? 怎会如此? 当年的曲水流觞,繁花垂杨,都到哪里
　　　　去了?

　　　　〔幕后合唱:今日策马故地访,

　　　　　　　　　　惊见断墙映斜阳。

　　　　　　　　　　青苔满地荒草长,

　　　　　　　　　　何时繁华成荒凉?

　　　　(寻路而进)呀,这便是旧时的莲花池了,莲花池呀,

　　　　(唱)想那日,佩兰初来萃秀园,

　　　　　　　夏日荷叶已田田。

　　　　　　　并肩而坐双照影,

　　　　　　　喜见池中并蒂莲。

　　　　　　　并蒂莲,何娇艳,

　　　　　　　恰似玉人花样颜。

　　　　　　　轻歌笑语犹在耳,

　　　　　　　谁信香魂已赴黄泉?

　　　　〔幕后合唱:太湖假山还依然,

　　　　　　　　　　山上望亭已破残。

辛弃疾　(唱)当年佩兰爱登山,

　　　　　　　极目远望常凭栏。

　　　　　　　总恨山低故乡远,

　　　　　　　云遮雾绕看不见。

　　　　　　　而今你长眠在故土,

　　　　　　　魂魄可曾来此园?

〔幕后合唱:绕假山,转长廊,

　　　　　　满目荒芜不忍看。

辛弃疾　(唱)枯藤绕树树已老,

　　　　　苍苔满地花不见。

　　　　　莫不是,春华也知人已去,

　　　　　无限伤心把肠断?

　　　　　再不见,当日携手赏花人,

　　　　　相依偎,共愿一刻成千年,

　　　　人已去,物也非,(痛呼)佩兰,佩兰啊,

　　　　(唱)黄泉下,可有并蒂莲,

　　　　　花好人娇似从前?

　　　　　黄泉下,何人与你携手游?

　　　　　可有风光似旧园?

　　　　　莲池边,何人与你肩并肩?

　　　　　假山旁,何人与你相顾看?

　　　　　长廊上,何人与你把手牵?

　　　　　花丛中,何人与你长依伴?

　　　　　佩兰啊,

　　　　　你香魂如今何处去,

　　　　　何不化作池中莲?

　　　　　风月为友蝶为伴,

　　　　　清香一缕,岁岁年年,年年岁岁盛开在人间!

　　　　(哽咽不成语,不由得忘情地呼喊)佩兰——佩兰——佩兰,你在哪里呀?

　　　　〔恍惚中,佩兰从园深处走了出来,缓缓而行,走过辛弃疾的身边,由他的身边飘然而过,环绕一周,又飘然而去。

辛弃疾　(惨笑)佩兰,你死得冤,我活得难呀! 当日我只以为壮志难酬,乃是人间大恨,执意而去,辜负了你的情,断送了你的命,而今我又被罢黜了,头已白,壮志成灰,情缘断,而山河破碎还依然!

　　　　〔幕后合唱:细思量,再回首,

　　　　　　　　　不知是走还是留?

> 只怕是走也难,留也难,
>
> 旧恨若了添新愁!
>
> 儿女情,凌云志,
>
> 种种尽皆付水流,
>
> 水东流,难回头,
>
> 爱恨情仇此生休!

〔可卿上,静立一旁看着他。

〔辛弃疾哀静地肃立着,似在追忆,又似在痛悔,良久。

〔一转身,辛弃疾看见可卿,恍若梦中相见。

辛弃疾 （自然地）可卿,你在等我?是我来迟了吧?（突然惊觉）啊,可卿,你,你怎会在此?（旋即又迟疑地）你,你,这位夫人……

〔可卿不语,盈盈下拜,便似初见面一样。

辛弃疾 （百感交集）你,你果然是可卿?

可　卿 辛大人,别来无恙?

辛弃疾 可卿,你,你这些年过得可好?你,你还认得我呀?!（不由悲从中来,转身掩饰）

可　卿 （唱）明月千载还依然,

知音时刻挂心间。

不离不弃稼轩词,

和君同叹,人间千种悲欢。

辛弃疾 （唱）一声知音好惭愧,

旧事重回我眼前。

想当年,我亲手擒回安国兄,

忍见你,珠泪流尽肝肠断。

可　卿 （唱）往事已矣成云烟,

生死有命不怨天。

孰是孰非无从辨,

自古情义两难全。

辛弃疾 只是,求得别人的原谅容易,要让自己心安却是如此的难。安国兄的死是这样,佩兰的死更是这样。

可　卿 （惊）佩兰死了?

辛弃疾 可卿,佩兰临死之前说了一句话,我一直不明白,今日见你,正好可一释疑团。

可　　卿　佩兰她,她可是死于三十年前,死于你南归之时?

辛弃疾　(惊疑地)不错。

可　　卿　(听得泪涟涟)那,那她临死前可曾说过,还是可卿说得对?

辛弃疾　不错,正是这句话,佩兰何以有此一说?

可　　卿　(悲怆)想不到我一时的冲动,竟然真的害了佩兰,我,我……
　　　　　佩兰,求你原谅我!(可卿不由双膝一软,辛弃疾赶紧扶住她,
　　　　　却被可卿推开了)

可　　卿　是我的错,是我的错,天啊,
　　　　　(唱)我忍不住心酸逞一时快,
　　　　　　　失言竟将佩兰的性命害!
　　　　　　　三十年我难将心结解开,
　　　　　　　怕的是这难弥补的悲哀!
　　　　　　　想不到最怕的却偏成真,
　　　　　　　我纵然千般悔恨也难将她魂魄唤回来!

辛弃疾　可卿,你……

可　　卿　你不用问了,佩兰的命是我害的,是我害了她。

辛弃疾　不,不管你当日说了什么,如果我不走,佩兰怎会死呢? 还是
　　　　　我负了她,害了她!

可　　卿　或许一切真是命中注定,(抬眼望着辛弃疾)此生此世,有的人
　　　　　是你注定要辜负的,有的人是你注定要失去的,还有的人,是
　　　　　你注定要错过的。

辛弃疾　(被触动)可卿,我,我也一样辜负了你。

可　　卿　(凄然一笑)你是大英雄,你心中装着天下,佩兰,我,或者还有
　　　　　别人,只怕我们都是一样,自从遇见你,便知道这一生的命,一
　　　　　生的命都不好。

　　　　　〔辛弃疾无言以对。

可　　卿　(唱)花前月下是一生,
　　　　　　　金戈铁马也一生。
　　　　　　　琴瑟和调是一生,
　　　　　　　劳燕分飞也一生。
　　　　　　　一生聚散喜与悲,

只看前程路上相逢是何人。

一朝相逢不怨命,

不求生生世世情。

缘来会,缘尽散,

相聚一刻成永恒。

辛弃疾　(喃喃道)一刻成永恒,一刻成永恒!

〔可卿飘然下。

〔范氏上。

〔辛弃疾抬头,见范氏,恍若隔世。

范　氏　稼轩。

辛弃疾　夫人。

范　氏　稼轩,不要在意子飞的话,我已经教训过他了。

辛弃疾　不,不,你让他来这里,我要把我那三年的经历,都告诉他。

范　氏　我看还是不要告诉他的好。

辛弃疾　哦?难道,难道你已经知道了?

范　氏　(凄然)我自己的夫君,我还不了解吗?我知道,你实在是不想再回到这建康城,这城里有许多你的伤心往事。

辛弃疾　夫人。

范　氏　只是,我担心你若不回来看一看,你这些心事只怕永远都放不下。

辛弃疾　夫人。

范　氏　还有,稼轩,在子飞的心里,你是个顶天立地的抗金大英雄,他还小,我怕他不懂,我还怕他,怕他误会了你。

辛弃疾　大英雄?我这一生,如何当得起这三个字呀!(不由得泪湿眼眶)

范　氏　如何当不起?儿女情,家国事,自古难两全!何况,(凄凉地)莫非你要告诉儿子,你娶我,只因为你的《美芹论》是我范家为你上呈皇上的?莫非你要告诉儿子,你娶我,只是为了一展你的宏图大业?莫非你还要告诉儿子……

辛弃疾　(震惊)夫人!(走近她)夫人,你……

范　氏　你,你好歹要在儿子面前为我,为我留一些颜面吧。(泪下)

辛弃疾　夫人啦,夫人,(由衷地)全怪我,都怪我,是我……

范　氏　（拦住他,不让他说下去）不要说了,你的心,我自然明白,我,
　　　　我不怪你。

辛弃疾　夫人,我,我对不起你,我对不起你们啊!

　　　　〔辛弃疾轻轻地将她揽入怀中,两人相依相偎。

　　　　〔恍惚中,三十年前的佩兰和可卿上。

　　　　〔可卿弹琴,佩兰合着音乐,轻歌曼舞。

　　　　〔幕后合唱:少年不识愁滋味,

　　　　　　　　　　　爱上层楼,爱上层楼,

　　　　　　　　　　　为赋新词强说愁。

　　　　　　　　　　　而今识尽愁滋味,

　　　　　　　　　　　欲说还休,欲说还休,

　　　　　　　　　　　却道天凉好个秋!

　　　　〔辛嘉带钦差上。

辛　嘉　（欣喜地）大人,朝廷来人了,皇上下旨了,要你回朝领命,带兵
　　　　抗金!

钦　差　大人,请接圣旨!

　　　　〔辛弃疾低头静默地站着。

　　　　〔佩兰和可卿飘逝,音乐声渐淡去。

钦　差　大人,请接圣旨!

辛　嘉　大人!

范　氏　（深情地）稼轩,去或不去,你自己决定。

　　　　〔众人慢慢隐去。

　　　　〔辛弃疾依旧静默地站着,手却放到了佩剑上,头微微地扬起,
　　　　似在望向远方。

　　　　〔幕后合唱:醉里挑灯看剑,

　　　　　　　　　　　梦回吹角连营。

　　　　　　　　　　　八百里分麾下炙,

　　　　　　　　　　　五十弦翻塞外声。

　　　　　　　　　　　沙场秋点兵。

辛弃疾　（缓缓地回转身,整冠,抖衣,凝神静气）辛弃疾恭迎圣旨!

——全剧终——

剧 本 阐 述

历史的主体不是时间和事件,乃是人物的行为,和隐藏在行为背后的动机。本剧的立足点正在于此。

辛弃疾是中国古代众多杰出文人中的一个,但,却又是那么独特的一个。当读到老年辛弃疾被弹劾,弹劾者称其罪状为:"用钱如泥沙,杀人如草芥。旦夕望端坐闽王殿。"时,我惊呆了。这样的辛弃疾,与我心中的形象全然不同。于是,便有了这个剧本。

辛弃疾并非是一个单纯的词人,也不是一个简单的爱国者。从他的诗词文及编年史中,追寻他的一生,可以发现,在爱国热情背后,是一颗豪情与侠气的心灵。他是一个天生的战士,战场才是他恣意纵横的地方。那些金戈铁马的岁月,始终在他生命中占有举足轻重的分量。昂扬的爱国热情和实现个人价值的不懈追求,交织在一起,构成了辛弃疾瑰丽壮阔的一生。

所以,本剧并不着力于表现一个词人的爱国情操,而落笔在更为细微之处,去写大时代背景后面,辛弃疾内心自我实现的冲动;去尽量接近词人内心的隐秘世界,写他为着理想而不得不承受的诸多痛苦。而这些痛苦,都来源于词人的自觉选择。人,需得承受自我选择的后果。

"醉里挑灯看剑,梦回吹角连营。"

那里,才是辛弃疾梦寐以求的地方。

七场越剧轻喜剧

方生骗婚记

人　物　方子彦　洛阳才子,画家。小生。

　　　　方　母　方子彦之母。老旦。

　　　　杜月娘　洛阳杜家侄女。青衣。

　　　　杜夫人　老旦。

　　　　杜　鹃　杜月娘丫环。

第一出

〔方生匆匆上,往后看看,匆忙又下。

〔方母上,气急败坏地东找西找。

方　母　子彦,方子彦,你给我出来!

〔方母下。

〔方生又上,四下望望,停下来喘气。

方　生　(拍拍胸口)哎,我的娘啊!

　　　　(唱)说什么,今朝洛阳牡丹好,

　　　　　　要逼我,假托赏花访窈窕;

　　　　　　娘心只盼佳期到,

　　　　　　她哪知我不恋娇花爱芳草。

　　　　　　娇花只合温室养,

　　　　　　芳草方能随我风雨去飘摇。

　　　　小生方子彦,洛阳人氏,虽为秀才,却不贪功名,一生最好舞文
弄墨,寄情山水。家境清贫,却喜一手好笔墨,有些名气,卖些
字画,母子二人倒也过得逍遥。只是

　　　　(唱)娘亲最盼,添丁进口合家欢好,

　　　　　　子彦却等,天赐良缘琴瑟和调。

　　　　　　姻缘两字说来易,

　　　　　　红线不牵,叫我一人如何渡鹊桥?

〔方母偷偷潜上,一把抓住方生。

方　母　好啊,这下子我看你往哪里跑?

方　生　(哀求地)娘,你自己去看牡丹不也一样吗? 要不,叫上邻居家
的一起去? 我替你叫去。(欲走)

方　母　(拽着他的衣角)站住! 我今天非要你陪我去。唉呀,你个书

　　　　　　　呆子,好不懂事!

　　　　　　　(唱)喜今日,牡丹花开惹人爱,

　　　　　　　　　　直引得,家家女儿出门来。

　　　　　　　　　　你看那,东家小姐罗裙新,

　　　　　　　　　　袅袅婷婷上楼台。

方　生　　不过庸脂!

方　母　　(唱)再看那,西家妹妹巧装扮,

　　　　　　　　　　两弯秋水眉如黛。

方　生　　也是俗粉!

方　母　　(唱)你眉毛高,眼睛亮,嘴巴儿刁,

　　　　　　　　　　不去看,不去选,姻缘怎到?

方　生　　姻缘之事,如何急得来? 娘啊,你……

　　　　　　　〔见母亲松了手,方生乘机想跑,不想听母亲在身后大叫一声,
　　　　　　　像是跌倒在地,吓坏了,赶紧回头扶,又被母亲一把拉住。

方　母　　(眼睛一瞪)今日你是去也得去,不去也得去! 你自己说,去还
　　　　　　　是不去?

方　生　　我,哎,好好好,去吧,去吧,

　　　　　　　(唱)只当儿子尽孝道。

方　母　　(高兴地拉着儿子)这就对了,

　　　　　　　(唱)选上娇花就更好!

　　　　　　　〔两人下。

　　　　　　　〔杜夫人带杜月娘、丫环、家人们上。

杜夫人　　(喜气洋洋地)月娘,快来啊!

杜月娘　　(唱)羡牡丹花好,

　　　　　　　　　　满城争看解寂寥;

　　　　　　　　　　怜玉样容貌,

　　　　　　　　　　小窗幽梦萦怀抱。

　　　　　　　　　　朝起懒将脂粉调,

　　　　　　　　　　镜中娥眉为谁描?

　　　　　　　　　　我纵将这韶光轻抛,

　　　　　　　　　　更有何人知晓?

杜　鹃　　小姐,老夫人在叫你呢,我们快走吧。

〔一行人下。

第二出

〔牡丹园内,亭台轩榭。

〔杜夫人等在小亭内赏花。

杜夫人 月娘,这牡丹开得真好,果然是富贵之花,我看这花和你,倒有
几分相像。

杜月娘 婶娘,月娘命薄,何似牡丹雍容?

杜夫人 月娘,

(唱)你虽是,父母双亡可怜女,

可还有,叔婶视你如己出。

杜月娘 婶娘,月娘说错了。

杜夫人 (唱)我夫妻年老膝下虚,

有万贯家财又何如?

只望为你觅佳婿,

奉老送终无他图。

杜月娘 婶娘的恩情,月娘铭记在心。

杜夫人 月娘啊,我今日要你陪我来,不为赏花。

杜　鹃 老夫人,不为赏花,难道是来看人的?

杜夫人 小丫头懂什么!不许多嘴。

〔杜鹃翘着嘴退下去了。

杜夫人 哎,杜鹃说得也对,是来看人的。月娘啊,你看这洛阳的高门
大姓也都出来赏花了。往日人家来提亲,你总说不知究竟,不
愿答应。今日你就自己好好地看一看,看中哪一家的公子少
爷,告诉婶娘,婶娘给你作主。

杜月娘 (羞)婶娘……

杜夫人 月娘,怕什么呢?婶娘还不明白你的心思么?来,(牵着月娘
的手走到栏杆前)你来看,那是施将军府上的大公子。

〔杜月娘看了一眼,皱了皱眉,没有说话。

杜　鹃 (嘴快)这位大公子,看上去可真风流!

杜夫人 (喝到)杜鹃!月娘你再来看,那是王大人的胞弟,听说他家有

　　　　良田万顷,富可敌国!

　　　　〔杜月娘还是没有说话。

　　　　〔杜鹃看看小姐,又看看杜夫人,吐吐舌头。

杜夫人　小丫头,又想说什么了?

杜　鹃　夫人啊,这位公子,小姐定然不喜欢。

杜夫人　唉呀,你这个丫头,小小年纪,怎么知道你家小姐喜欢不喜欢呢?

杜　鹃　我家小姐啊

　　　　(唱)不图家世不爱财,

　　　　　　　只求知音慰心怀。

　　　　〔杜月娘微微地点点头。

杜夫人　(生气地)越说越不像话了。去,一边去,就知道多嘴!

　　　　〔杜鹃赶忙退下,杜夫人犹自张望,杜月娘斜倚美人靠,杜鹃递上诗卷。

杜　鹃　小姐,这些人都没啥好看的,你还是看书吧。

　　　　〔方母拉着方生上。

方　母　(喜孜孜地)唉呀,儿啊,你看这么多人,来来来,你看那位小姐怎么样?斯斯文文的,一看就是大家闺秀。我喜欢。

方　生　娘啊,方家一没钱,二没权,大户女儿怎肯嫁我?你,就别操这份心了。

方　母　胡说!我方家清清白白的书香门第,我儿子琴棋书画,样样精通,聪明绝顶,谁家的小姐配不上?哼,她们肯嫁,我还得慢慢挑呢!

方　生　娘啊,你,哎!

方　母　(不管他,自己只顾到处望,突然看见杜月娘,惊喜)子彦,你来看。

方　生　(不耐烦地)娘!

方　母　你来啊,来啊!你看……

方　生　(顺着母亲所指往上看,望见杜夫人,吓坏了)唉呀娘呀,你莫非想媳妇想疯了?那分明是位老妇人,看上去可比娘你还老三分!

方　母　你才疯了!我让你看这边,这边。

〔方生这才望见独自凭栏看书的杜月娘,不由看呆了。

方　母　这个好,这个我喜欢,你看她温温柔柔的样子,脾气蛮好;喜欢读书,和你正好……

〔说着情不自禁地拍拍儿子。

方　生　(吓了一跳)娘,你不要老是一惊一乍的,儿子快受不了了!

方　母　(笑)你适才可是看呆了?哈哈,你等着,我去打听打听这是谁家的小姐。

方　生　娘,娘……唉,我这个娘啊,实在是比我还性急!(不由回头再望)

(唱)我只道,天涯芳草还须觅,
　　却不料,今日相逢庭园里。
　　一看她,淡妆素裹好清新,
　　全不似,满园牡丹富贵气。

(转个方向再看)

　　再看她,一卷诗书玉指间,
　　意娴静,秋水凝眸不顾盼。

(转个方向又看)

　　三看她,眉间淡扫含幽怨,
　　似嗟叹,朱唇轻启为哪般?
　　莫不是,兰闺深锁相思梦?
　　莫不是,对花自怜春将还?
　　隔花间,远天边,
　　一丝愁绪恨绵绵,
　　如何得解佳人心?
　　不由我,独自徘徊枉自叹。

(猛想起)有了,我何不将佳人倚栏画将下来,便无缘相识,也好留个纪念!(从囊中取出纸笔墨砚)哈哈,幸好我的宝贝从不离身,小姐啊小姐,此时,你可不要离开啊!

〔方生寻一处地方坐下,研墨,作画。

〔杜鹃发现方生在画月娘,赶忙推月娘,指指方生。

〔杜月娘怕杜夫人发现,示意杜鹃噤声,自己不免偷偷望一望方生。

杜　鹃　（悄悄地）我看他呀，和小姐一样，不是来看花，是来看人的。

杜月娘　（嗔）谁说我来看人的？（摇手让杜鹃不要说话了）

杜　鹃　小姐，我去看看，他在画什么？

　　　　〔杜月娘不及阻拦，杜鹃已经下去了。

杜月娘　（望着方生，有几分惊喜、几分娇羞）呀，

　　　　（唱）这书生眉舒目朗，

　　　　　　　浩气一片坦荡荡；

　　　　　　　气定神闲持毫笔，

　　　　　　　泼墨信手写酣畅。

　　　　　　　何曾见，这般丰姿气轩昂，

　　　　　　　分明有，诗书万卷胸中藏；

　　　　　　　何曾见，如此俊雅好才郎，

　　　　　　　不由得，我半是喜来半惆怅。

　　　　　　　只见他，长吁短叹似凄怆，

　　　　　　　莫不是，已放相思逐沧浪？

　　　　　　　又见他，忽有笑颜双眉展，

　　　　　　　莫不是，一纸锦书凤求凰？

　　　　　　　可叹相见不相识，

　　　　　　　归去后，还是幽梦映晓窗。

　　　　〔方生抬头，不意和月娘目光相遇，两人都是一惊，俱回避，却
　　　　又忍不住再看。

　　　　〔方母从另一方上，和杜鹃相遇，两人上下打量对方，杜鹃欲
　　　　走，方母认出她来。

方　母　这位妹妹请留步！

杜　鹃　你是谁啊，唤我何事？

方　母　妹妹，你可是那位……（指指亭中的杜月娘）那位小姐身边
　　　　的人？

杜　鹃　（奇怪地）是啊，你是何人？

方　母　（眉开眼笑）你别管我是谁，我来问你，你家小姐有没有定
　　　　亲啊？

杜　鹃　你这位老太太，我又不识得你，你怎么问这样的话？真是好没
　　　　有分寸！（转身欲走）

方　　母	（赶紧拦住）小妹妹，你来。
杜　　鹃	哎，你拉我去哪里呀？唉呀，你这个人，真是奇怪哉！
	〔方母拉杜鹃下。
	〔杜夫人走到杜月娘身边，看到方生在往上望，见他竟然和杜月娘对望，大怒。
杜夫人	（怒）月娘，你给我过来。
杜月娘	婶娘何以突然生气了？
杜夫人	真是气死我了，你不见亭外那个穷酸书生，眼望着你，口水都快流到脚背了！
杜月娘	（羞）婶娘！
杜夫人	不对，那书生好像还在画你，唉呀，真是色胆包天，来人呐，跟我走。
杜月娘	婶娘，婶娘。
	〔杜夫人怒气冲冲地带着家人下，杜月娘见状，也跟随而去。
	〔方母拉杜鹃上。
方　　母	（遥指着方生）你看，那就是我的儿子，他可是个秀才！样子蛮好，性格蛮好，件件都好！
杜　　鹃	（明白过来了）哦?!老太太，你是想给你儿子说媒？那个呆子，是你儿子呀！（不由笑了起来）
方　　母	笑什么？莫非我儿子配不上你家小姐？我这个儿子，可是我的心肝宝贝，多少人家的小姐来提亲，我都看不上。
	〔杜鹃越听越好笑，指着方母笑得前仰后翻。
方　　母	好了好了，我的小祖宗，不要再笑了！（见杜鹃犹自笑个不停，猛喝一声）停！
杜　　鹃	不笑就不笑！你想问我家小姐的事啊？我偏不说！
方　　母	你，不说是吧，那我就直接问你们家小姐去。
杜　　鹃	你去问呀，看我家老夫人让不让去！
杜夫人	（走到杜鹃背后）什么让不让的？
杜　　鹃	（吓了一大跳）唉呀，老夫人，你，你吓死人了！
杜夫人	杜鹃，你不陪着小姐，在这儿做什么？
杜　　鹃	我，我……
杜夫人	哼，跟我走。

方　母　（明白杜夫人是谁,上前）老夫人。

〔杜夫人上下打量她一番,哼了一声继续往前走。杜鹃赶紧跟上。方母跟上。杜月娘远远地也跟来了。

〔方生抬头不见了月娘,正左顾右盼寻找。

杜夫人　（走到方生背后偷看,大怒）好啊,果真画的是我家月娘。来人,把这画给我扯了!

〔家人将画扯了,方生猝不及防。

〔杜鹃趁人不注意,偷偷将画卷拣了起来,交给杜月娘,月娘将画拼好。

方　生　（怒）你,你们……

（唱）我自描自画写婵娟,
　　　你毁我画卷为哪般?

杜夫人　（看看他,鄙夷地）哼,
（唱）一介书生好寒酸,
　　　妄想来把牡丹攀!

方　生　（突然望见月娘,明白了,落落大方地）哦,老夫人,我看你是误会了,
（唱）秀才姓方名子彦,
　　　家住洛阳西门边。

杜　鹃　小姐,你可听清楚了。

杜月娘　（害羞地）啐,休得胡说!

方　生　（唱）平生最喜弄笔墨,
　　　纸砚随身常相伴。

杜月娘　（展开画卷看）果然一手好丹青。

方　生　（唱）今日花开倾城来,
　　　我亦随母赏牡丹。
　　　无意中,惊见小姐羞花颜,
不觉一时技痒,
　　　欲把仙容留画卷。

〔杜鹃一听,笑杜月娘,月娘羞。

杜夫人　（唱）你说来说去大半天,
　　　还不是一个贪色汉!

　　　　　　劝你早绝此心断此念，

　　　　　　穷书生难踏杜家门槛。

方　生　（怒）你！老夫人，休要以富欺人！

　　　　（唱）想方生，饱读诗书在胸襟，

　　　　　　修身养性不为名。

　　　　　　衣衫破旧又何妨，

　　　　　　两袖清风不沾尘。

　　　　　　才华无价也有价，

　　　　　　自绘折扇值千金。

　　　　　　俗人难解翱翔志，

　　　　　　懒与牛马弹弦琴！

杜夫人　（气得说不出话来）你，好你个书生，敢骂我是牛，是马，是……

方　母　（赶紧加上一句）是畜生！

杜夫人　呀，气死我了，真是气死我了！

杜月娘　（上前）婶娘，

　　　　（唱）婶娘贵体要自珍，

　　　　　　莫为小事伤了身。

　　　　　　我看他，一派坦荡君子样，

　　　　　　不似登徒子，倒似一个好……

杜夫人　一个好什么？

方　生　一个好什么？

　　　　〔杜月娘意识到自己说多了，但一时又不知道该如何改口。

杜月娘　（唱）一个，一个……（求助地拉拉杜鹃）

杜　鹃　（唱）倒似一个好书生！

杜夫人　哼，月娘你是个女儿家，哪里知道人心险恶！

方　生　（侧耳听）哦，小姐原来芳名是月娘。

杜夫人　（大怒）你这穷酸丁，年龄尚小，胆子却甚大！

方　母　（终于冲了出来）你这老太婆，一口一个穷字，穷又如何？我儿子可也是个秀才，前途不可限量，你可莫要狗……

杜夫人　狗什么？

方　母　我不说，你自己也知道。

杜夫人　你……

〔方生和杜月娘见势不妙,将二人各自拉开。无意中,方生和杜月娘擦肩,两人对视,都是一呆。

方　生　(唱)她眼中似有柔情万种,

杜月娘　(唱)他眼中似有千般情浓,

方　生　(唱)一瞬间只觉东风吹送,

杜月娘　(唱)这一刻却盼身边人空,

方　生、杜月娘　(合唱)莫不是,牡丹园,红鸾星动。

杜夫人　(本来气急败坏地,又一想)哼,我怎能和你们一般见识,月娘,我们走。

〔杜夫人拉月娘下,月娘回望方生。

〔方生追上前去,却被家人拦住。

方　生　小姐,小姐!

(伤心地)却为何,只落得,孤凰失凤?

第三出

〔方家。墙上挂满月娘画像。

〔方生在埋头作画。方母端饭菜上,将饭菜放到饭桌上。

方　母　子彦,吃饭啦。

〔方生恍若未闻。

方　母　(走到方生身边)子彦,这画,放一放也没啥关系,啊?

〔方生还是没有反应。

方　母　子彦!

〔方生哼了一声,头也不抬。

方　母　(生气地,猛然抽掉方生的笔)你给我放下!

方　生　(大叫)娘!

方　母　别画了,画得再好,那月娘小姐也是别人家的!

〔方生愤愤不答。

方　母　你看,你看,你都画了一屋子的杜小姐了,还没有画够啊!

方　生　(唱)想往昔,提笔写物太平常,

　　　　　　今日里,难描小姐神仙样。

　　　　她眉似轻烟聚远山,

　　　　　　眼比秋水多波光。
　　（忍不住又重新提起笔来）
　　　　　　罗衫如雪不染尘,
　　　　　　仪态万方世无双。
　　　　　　最难描画是神韵,
　　　　　　临去回首不能忘。
　　　　　　似有情,顾盼只觉心神荡,
　　　　　　似无情,回眸不语费思量,
　　　　　　无情有情,人间天上,
　　　　　　这怎不使人久徘徊细思想此心难放!

方　母　儿啊,你如此画下去也不是办法,不如,我托人为你上门提
　　　　亲去?

方　生　娘,你以为上门提亲,结果会怎样?

方　母　定会被那嫌贫爱富的老夫人又出来!（意识到自己说错了,忙
　　　　捂住嘴)

方　生　是了,娘你也是明白人!

方　母　既然你我都明白这门亲是攀不上的,不如就当是做了一个梦,
　　　　忘了她吧。

方　生　作梦?是啊,我朝思暮想,只求遇到这样一个人,不想果真让
　　　　我遇到了,如今想起来,却似作梦一般。

方　母　或许就是作梦呢,娘如今也觉得真像作梦,要不,天底下哪有
　　　　这么好看的小姐?

方　生　（喜）娘,你也觉得她好看?

方　母　岂止好看,我看她心眼还蛮好,不帮她姊娘,还帮你说话,唉,
　　　　你别忘了,这个媳妇最初还是我看上的,我和你一样也喜
　　　　欢她。

方　生　唉,如果真是梦反而好了,我便日日高卧,去梦里寻她!

方　母　（无奈）看起来,娘让你忘了她,才像是白日作梦!

方　生　唉,（吟）蒹葭苍苍,白露为霜,
　　　　　　　　所谓伊人,在水一方。

方　母　看他这个样子,娶不到杜月娘,只怕我还会少了个儿子。不
　　　　行,我好歹得想个法子才好。（突然心生一计,大喜）唉呀,儿

　　　　　　啊,我看那戏里头唱的,书生爱上小姐,无缘相会,书生都会卖
　　　　　　身进府,以求一见。不如你也……
　　　　　　(唱)卖身投靠进杜府。

方　生　(又好气又好笑)娘啊,
　　　　　　(唱)你指点的是不归路。

方　母　(吓一跳)你说啥? 如何是不归路呢?

方　生　那老夫人,最是恼我恨我,你反让我自己送上门去,如真做了
　　　　　　她家的奴才,你说她会对我怎么样?

方　母　呀,果然是条不归路。呸呸呸,当我没说过。这也不行,那也
　　　　　　不行,可如何是好啊!

方　生　(唱)娘啊娘,如今是我苦相思,
　　　　　　　　为何你比我还急?

方　母　(唱)朝思暮想抱孙子,
　　　　　　　　我心自然比你急!

方　生　(啼笑皆非)娘,你,哈哈哈……
　　　　　　(唱)莫不是,方家欠了杜家钱,
　　　　　　　　前生恩怨今生还?

方　母　(闷闷地,突然怒道)说来说去还不是都怪你!

方　生　如何又怪起我来了?

方　母　自然怪你,说什么不贪功名,纵情山水,哼,早知今日,当初我
　　　　　　就该逼着你去赴考,有了一官半职,也好堂堂正正上门去
　　　　　　提亲。

方　生　娘!

方　母　还有啊,你又说什么不为富贵,那么多官宦人家要重金求你的
　　　　　　字画,你还不卖,你倒是博了清高之名,如今好了,你倒是去把
　　　　　　这虚名给我换个好媳妇回来呀!

方　生　娘,你还讲不讲道理?

方　母　不讲,就是不讲! (越想越气,不禁落泪)想方家三代单传,人
　　　　　　丁单薄,好歹还有香火,到了你这一代,莫非要绝后不成?

方　生　(气)娘,你想抱孙子也不难,
　　　　　　(唱)纵求不得,幽兰芳桂入门来,
　　　　　　　　还娶不到,粗枝俗花育后代!

方　母　你!

〔母子俩各自跌坐,郁郁不语。

〔杜月娘着男装,和杜鹃上。

杜　鹃　(唱)小姐返家得了病,

　　　　　　　只有杜鹃知她心。

　　　　　　　为求心药治心病,

　　　　　　　伴小姐,乔装前来访书生。

杜月娘　(唱)晨起怕临镜,

　　　　　　　眉端愁思萦。

　　　　　　　寂寞帘栊下,

　　　　　　　零乱梧桐影。

　　　　　　　情脉脉,泪盈盈,

　　　　　　　愁深转新病。

　　　　　　　细思想,我娉婷身,

　　　　　　　担不起这一腔春恨。

　　　　　　　与其坐待花落秋风冷,

　　　　　　　不如学那嫦娥把月奔。

杜　鹃　啊,小姐,你可是答应过我的,只来看看他的。

杜月娘　(唱)转念想,堂上二老鬓染霜,

　　　　　　　怎能舍,十载养育恩情长?

　　　　　　　今日里,但求一见了相思,

　　　　　　　还不知,君心可似妾心样。

杜　鹃　这样才好。小姐,是这里了,你等着。(拍门)里面可有人在?

〔屋内两人相互看看,都没有答应。

杜　鹃　没有人吗?(轻轻一推门,门开了)奇怪,人不在,门却开着?
　　　　我进去看看吧。(进门,见母子二人背对而坐,愁眉不展,偷
　　　　笑)看来,这边也有一个生了病的!(出,引杜月娘进)老太太,
　　　　方相公!

〔两人都吓了一跳。

方　母　啊,是你这个小丫头呀,这位是?

杜　鹃　老太太,这是我家公子,公子可是姓杜的。

方　生　姓杜?(喜)姓杜!莫不是月娘小姐的……

杜月娘　　方先生有礼了,在下杜月云,乃是月娘之胞兄。

方　生　　(惊喜莫名)呀! 原来是杜兄台光临寒舍,快快请坐!

　　　　　〔母子俩手忙脚乱地让坐,倒茶。

　　　　　〔杜鹃发现墙上画,指给杜月娘看,杜月娘心中欣喜。

杜月娘　　(唱)果然他心中有我,

　　　　　　　　这相思不曾蹉跎。

方　生　　请问兄台,小姐可是有书信给我?

杜月娘　　没有。

方　生　　那可是有口信?

杜月娘　　也没有。

　　　　　〔方生一听,失望之极,跌坐不语。

杜　鹃　　(掩口一笑)方相公,方相公,你可知小姐病了。

方　生　　(急)啊? 那日还好好的,如何就病了呢?

杜　鹃　　你说呢?

方　生　　(唱)莫不是,两地相思一般苦,

　　　　　　　　月暗秦楼觅无路?

杜月娘　　(背躬,唱)他一片真情表露,

　　　　　　　　不枉我用心良苦。

杜　鹃　　我家公子见小姐日日对着你那张画,珠泪不干,心疼妹妹,故
　　　　　此前来寻你。

方　生　　(悲,唱)闻小姐,日日不绝泪两行,

　　　　　　　　不由我,蓦然心伤断寸肠。

　　　　　　　　小姐啊,你那里愁对绿窗懒新妆,

　　　　　　　　我这里提笔难写思欲狂。

　　　　　　　　你那里寂寞深锁兰闺房,

　　　　　　　　我这里冷落辗转梅花帐。

　　　　　　　　怕只怕,白衣难结金玉缘,

　　　　　　　　一番相思成妄想,

　　　　　　　　你我似那隔河牛女,

　　　　　　　　此生终成对面参商。

　　　　　〔杜月娘忍不住想上去安慰他,走到他面前,却又不好意思说,
　　　　　看看杜鹃。

杜　鹃　方相公,勿要伤心了,咱们一起,总可以想个法子吧。

方　母　不瞒你们说,我头都想疼了,可真是想不出法子来!

〔杜鹃站起来,在屋内四下看看。

杜　鹃　唉,公子啊,他这样的家世,老夫人那里是通不过的。

杜月娘　对了,方相公,

(唱)若想鲤鱼跃龙门,

何不科考求功名?

方　生　(唱)我本无意仕途行,

惯做江湖飘零人。

杜月娘　(唱)只为求娶女红妆,

违背心愿又何妨?

方　生　(唱)兄台啊,得与小姐结良缘,

方生违心有何难,

叹只叹,大比之期已错过,

有心折桂还须待三年。

杜　鹃　(皱眉)呀,还要等三年,只怕我家小姐等不得了!

杜月娘　(白她一眼)那,方相公,你家可有贵戚,可以相助?

方　生　方家三代单传,世代白衣,哪有贵戚?

杜月娘　(也跌坐)如此看来,真是没有法子可想了!(忍不住落泪)

方　母　杜公子,你这是怎么啦?

杜　鹃　(忙掩饰)我家公子心疼妹妹,故此落泪。

方　生　兄台,老夫人那里,真没有通融的余地了?

杜　鹃　老夫人择婿,

(唱)一要家世二要权,

白衣书生上门难上难。

方　母　你既是兄长,还做不得半点主?

杜月娘　我,我兄妹自幼父母双亡,多亏叔父婶娘养大成人,自然是做
不得主的。

〔四人各自徘徊,无计可施。

杜月娘　既是无计可想,我们还是回去吧。(无限伤感)我回去劝一劝
妹妹,还是死了这条心吧!

方　生　兄台稍待!(返身取适才的画,交给杜月娘)请转告令妹,

（唱）	多谢垂爱一片心，
	方生回报此生情。
	将息玉体莫担忧，
	苍天不负有心人。

杜月娘　（深情地凝望着方生）你的话，我都记住了。

〔杜月娘和杜鹃下。

〔方生呆立，方母心疼地看着儿子，无奈之极。

〔家人上，拍门。

家　人　方相公，方相公。

方　母　怎么今日这么多人来家？（开门）你是谁？

家　人　在下奉相国府九夫人之命，来求方相公的墨宝。

方　母　（看看方生）他向来不为官宦人家作画，你还是回去吧。

家　人　九夫人说了，方相公不应也罢，但请相公读一读这书简。

〔方母接过书简，递给方生。方生不接。方母无奈，只得自己
拆开，看又看不太懂，又塞到方生手里。

方　母　看一看吧，为娘还想看看这九夫人都写了些什么。

方　生　（看，惊）啊，这九夫人，原来竟是……

方　母　是什么？是谁啊？

方　生　（示意她别问，走出对家人）你回报九夫人，说我明日定会入府
为她写真。

〔家人下。

方　生　真没想到啊，娘，你还记得爹爹生前曾救回过一个孤女，名唤
小玉。

方　母　小玉？是，是有这个人。

方　生　（唱）可怜小玉孤单单，
　　　　　　爹娘收养在身边。
　　　　　　嘘寒问暖如亲生，
　　　　　　一屋共处几经年。

方　母　后来她不是被她的什么舅母带回长安了吗？一别三年，了无
音讯。

方　生　娘啊你来看，这书简之上写的是，"孤女小玉泣候兄至"。不是
当年小玉，何以唤我兄长？

方　母　啊,真是小玉,好端端的,怎么就成了相国九夫人,我听说那方
　　　　老相国可比娘还老!

方　生　方老相国?方?方?(思忖)

　　　　〔方母也若有所思。

　　　　〔两人同时"呀"了一声。

方　母　(笑)子彦,你想到什么了?

方　生　(笑)娘啊,你又想到什么了?

　　　　〔方母笑而不语,指指书简,方生点点头,大笑。

方　母　我母子二人,还真是心连心啊!

方　生　娘,我想过了,

　　　　(唱)何忍见小姐相思病缠身,

　　　　　　何忍见玉销香减负深恩。

　　　　　　想方生,十年尽读天下书,

　　　　　　自诩人间事事清。

　　　　　　救不得红颜,

　　　　　　算不得聪明;

　　　　　　遂不了心愿,

　　　　　　辜负了此生!

　　　　老夫人啊老夫人,

　　　　　　你既是爱权爱财爱门第,

　　　　　　我变作有权有财豪门人。

　　　　　　满腹诗书做智囊,

　　　　　　不信换不得娇妻结不得这鸾姻!

方　母　对对对,

　　　　(唱)咱们明的求不得这门亲,

　　　　　　暗的还怕骗不了那势利的老夫人?

方　生　娘,你用错了一个字,不是骗,而是赚!

方　母　哦,是了是了,果然还是我儿子聪明!你等等。(转身进屋,取
　　　　东西出)儿啊,这是咱们家的房契,这是娘陪嫁的金钗,都给
　　　　你了。

方　生　(感动地)娘,你还是收起来吧。你莫要忘了,儿子这支笔,可
　　　　值不少钱呢!

方　母　你不是不愿意卖画入豪门吗？

方　生　钱在豪门是肮脏,得入我手理应当。小姐不嫌我清寒,我岂能
　　　　让她受苦难!

方　母　好啊,好啊,我这就去替你吆喝生意去!

方　生　(拉住母亲)娘,你真是急性子!有相国九夫人在,还怕没有生
　　　　意不成!何况,
　　　　(唱)得来容易人嫌贱,
　　　　　　千请万求才值钱!
　　　　〔母子二人相视一笑。

方　母　那我总该给你买一身像样的衣衫吧?走,走啊!
　　　　〔母子俩笑哈哈地下。

第四出

　　　　〔相府花厅。
　　　　〔方生在等待,忽见墙上有一幅自己的画。

方　生　咦,这是我的画作,我几时为小玉画过真容呢?哦,是那日小
　　　　玉离去时,求我为她画的,没想到她留到了今日。
　　　　〔九夫人上,静静地看着方生。
　　　　〔方生一回头,猛然看见身后有人,吓了一跳,赶紧退后几步。

九夫人　(扑哧一笑)方哥哥,我吓着你了?

方　生　(仔细打量,觉得眼前之人不太像小玉,不敢确定)敢问夫
　　　　人是?

九夫人　方哥哥,你真的认不出我来了?

方　生　啊,真的是你,小玉?果然一派大家风范,实在是认不出来了。
　　　　〔丫环上茶,两人坐下。

方　生　是了,小玉,哦,不对,是九夫人……

九夫人　此间无外人,你我还是像从前一样好了。

方　生　如此最好。小玉你怎会嫁入相国府,成了什么九夫人?

九夫人　这还要多谢你给我画的那副真容!

方　生　这和我的画有什么关系?

九夫人　(唱)那日舅母上门来,

说是带我把家回。
谁知她心太狠毒，
竟把小玉往青楼卖。

方　生　啊，竟有这样的事！

九夫人　（唱）陷落青楼烟花地，
生不如死恨萦怀。
幸有姐妹来相助，
方始逃离脱苦海。

方　生　还好，还好！

九夫人　（唱）流落街头无靠依，
将随身之物去变卖。
不曾想，写真容，
辗转落入相府来，
相国一见心生怜，
寻访小玉，把离枝寒梅来垂爱。

方　生　（唱）不想小玉多劫难，
让人听闻心里酸。
万幸今日离苦海，
苦尽甘来心里甜。

九夫人　方哥哥，如今你怎么样了？伯父，伯母都还好吗？

方　生　爹爹过世两年了，我和娘，都还是老样子。

九夫人　（凝望着方生）那你，可曾娶亲了？

方　生　（不由勾起了心事）我一介寒生，两袖清风，谁肯把女儿嫁
给我？

九夫人　方哥哥，你何用枉自菲薄，须知在小玉心里……

方　生　（一惊）小玉。

九夫人　（一吐为快）方哥哥，一直以来，在小玉心里，你便是天下最好
最好的男儿！

方　生　（一楞）小玉，你……

九夫人　（苦笑）我的心意，从前你不知道，如今我再说，也没有用了。
这么多年来，这些话一直藏在我心里，从未想过和你还有相见
之日。今日一见，想起从前，我，我实在是忍不住了。（泪下）

方　生　（起，呆）啊！

　　　　　（背躬，唱）想不到，小玉心中藏深情，

　　　　　　　　　一时间心慌意难平。

　　　　　　　　　往日同住如兄妹，

　　　　　　　　　何曾知，她的心。

　　　　　　　　　今日里，入侯门，

　　　　　　　　　本为和相府来认亲。

　　　　　　　　　如今心事难再讲，

　　　　　　　　　只怕我一番苦心成泡影！

九夫人　（抹去眼泪，强颜欢笑）方哥哥，你过来坐下吧。（方生犹豫）我适才讲的话，你不要放在心上。小玉自知往事难追，日后咱们只叙亲情，不问心事。

方　生　（由衷地）如此最好。

九夫人　方家待我恩重如山，伯父伯母皆是仁厚长者，无限关爱，小玉都记在心间。方哥哥，日后若有事，莫忘了来找小玉，就当小玉是你的亲妹妹一样。

方　生　（喜）如此……哦，亲妹妹？（思忖）亲妹妹？

九夫人　怎么？（不快）莫非小玉蒲柳之身，攀不上你方家清白门第？

方　生　小玉，你多心了！

九夫人　那你这是……

方　生　我，唉，（背躬）我若不试一试，就连一线希望都没有了。方子彦啊方子彦，

　　　　　（唱）为月娘，厚了脸皮又何妨？

　　　　　小玉啊，

　　　　　　　　我有心事，不知当讲不当讲？

九夫人　（敏感地）哦，方哥哥可是有意中人了？

方　生　你若不想听，我就不说了。

九夫人　（失落）是了，你这样的君子，芝兰环绕，也是应该的。（见方生不安地看着自己，笑）我既当你是亲哥哥，有什么为难的？来，请说吧！

　　　　　〔两人坐下，方生倾吐心事。

　　　　　〔外。

〔杜鹃上。

杜　鹃　（一边走一边想）真是好奇怪哉！

（唱）小姐她，人虽归家心未还，

今日里，让我再把方生探；

只怕他相思难抛下，

带去锦书慰心田。

谁曾想，入门后，

不见方生苦哀叹；

他竟去了相国府，

为那九夫人写画卷。

这书生，好奇怪，

呀，

莫不是，他虚情假意来把小姐骗？

唉呀，我快回府去报与小姐知晓，休要为这厮白白抛洒了珠泪！

〔杜鹃下。

〔听罢，九夫人垂首不语，方生紧张地看着她，徘徊。

方　生　（试探地）小玉，是否十分为难？

〔九夫人扭转身去，掩面泪下。

方　生　（叹）唉，也罢，也罢，小玉，我告辞了，这些话你也只当我没有说过。

〔方生转身欲走。

九夫人　（起）方哥哥，留步。（抹去泪水，强颜上前）区区小事，有什么为难的？我只是好生羡慕那杜家小姐，让你如此费尽苦心。她的命真好，不像我！

方　生　（不安地）小玉。

九夫人　（笑）你的事就包在我身上了。老相国最听我的话，不要说认你作族弟，就是让他认你作亲弟弟，却也无妨。

方　生　（喜出望外）如此，我就先拜谢你的大恩了！（起身欲拜）

九夫人　（拦住）你呀，还是脱不了书生的呆气！

方　生　小玉不要笑我了。那我就此告辞，静候你的佳音了。

九夫人　（笑）你若就此走了，那相国的金子，该让哪一个书呆子去取

呢？你呀！走吧，跟我去书房，纸笔墨砚早已准备好了，金子，
也准备好了。随我来。

方　生　（唱）一桩难事就此了，
　　　　　　　人世境遇真难料。
　　　　　　　当年救助小孤女，
　　　　　　　扶弱救难不图报，
　　　　　　　谁想她报恩不辞劳，
　　　　　　　结得善果人称道。

第五出

　　　　〔杜府。
　　　　〔花园内，杜鹃担心地看着杜月娘。杜月娘沉思。
杜　鹃　小姐。唉呀小姐，你倒是说说话呀！
杜月娘　说什么？
杜　鹃　你说那个方生是不是个骗子？
杜月娘　我看，不是。
杜　鹃　不是？怎会不是呢？我们去探他的时候，他还要死要活的，饭
　　　　也不吃，啥也不想做，我们一走，他竟然还有心去给什么九夫
　　　　人画画，小姐，你说他不是骗子又是什么？
杜月娘　我也不明白。可我，我就知道他不是骗子。
杜　鹃　唉呀小姐，你就听我杜鹃一句话吧，勿要死心眼，
　　　　（唱）须知道，知人知面不知心，
杜月娘　（唱）我看他，坦诚君子情是真。
杜　鹃　那他不想着念着小姐，去那相府做什么？
杜月娘　你这丫头，就算他想着念着，也不能时时刻刻都不放下吧？
杜　鹃　那为何小姐你，却半点儿也放不下？
杜月娘　（羞）我，我哪有啊？
杜　鹃　（逗她）真的没有？真的没有？那你让我杜鹃去方家作甚？
　　　　〔杜月娘干脆不理她了。
杜　鹃　唉呀！
杜月娘　又怎么了？

杜　鹃	听人说,相府新娶的九夫人,原是,(看看左右,低声)原是个青楼烟花女。
杜月娘	啐,杜鹃,休要说这些是非,小心夫人听见了不饶你。
杜　鹃	小姐,你想呀,那方生自许清高,从不与官宦富豪来往,今日为何竟然上门去为这样的女子作画呢? 莫非他……
杜月娘	他如何?
杜　鹃	我不敢说,怕你生气。
杜月娘	唉呀,你说呀!
杜　鹃	(唱)莫非他,本就是个登徒子,
	假作清高骗了你。
	九夫人有色又有财,
	他上门作画有用意。
杜月娘	(嗔,唱)小杜鹃说话理不清,
	莫将小人比方君。
	他十载读书养浩气,
	胸怀坦荡是真心。
杜　鹃	(唱)知人知面难知心,
	真情假意难分清。
杜月娘	(唱)你不见,他屋内挂满我画像,
	纸端笔尖情意长。
杜　鹃	(唱)爱画成癖好平常,
	画你画她无两样。
杜月娘	你说的她,是哪一个?
杜　鹃	就是九夫人呀,没准还有七夫人八夫人呢!
杜月娘	杜鹃,你,你今日是故意气我不成? (气得哽咽了)
杜　鹃	小姐,杜鹃只怕小姐一番真情,用错了。(讨饶)小姐,小姐,你就莫要怪杜鹃了,你知道杜鹃这张嘴,唉呀,我自己也管不住它!
杜月娘	(破涕为笑)你,(突然又悲从中来)我……
杜　鹃	小姐,不要伤心了。或许方生就是小姐想的那样,是个情种呢!

〔一个小丫鬟暗暗地对杜鹃招手。

杜　鹃　　啊,小姐,我去去就来。你勿要伤心了。

〔杜鹃出房。

杜月娘　　(唱)听杜鹃,一席话,

　　　　　　　　不觉我心乱如麻。

　　　　　　　　把此事细细来思想,

　　　　　　　　不知是否该信他。

　　　　　　　　但见他,书生样,

　　　　　　　　眉舒目朗多俊雅,

　　　　　　　　分明君子气自华,

　　　　　　　　何似蜂蝶爱逐花?

　　　　　　　　他言辞殷殷心意诚,

　　　　　　　　我情丝万缕牵绊他。

　　　　　　　　谁说知人知面不知心,

　　　　　　　　月娘看不出他半点假。

　　　　　　　　可仔细想,疑难消,

　　　　　　　　他为何去了相国家?

　　　　　　　　为何去了相国家?

〔杜鹃悄悄进屋,见杜月娘凝神静思,没有惊动她。

杜月娘　　(唱)情丝辗转理不清,

　　　　　　　　不如当面去问他。

　　　　　　　　若我多疑把理赔,

　　　　　　　　若他负了心,

杜　鹃　　(背躬)怎么样呀?

杜月娘　　(唱)我便把此生来作罢!

杜　鹃　　(背躬)呀,这如何使得? 小姐,我回来了。

杜月娘　　(背对她)你回来了。

杜　鹃　　小姐,不好了。

杜月娘　　不好了?

杜　鹃　　是啊,适才听老夫人身边的丫鬟小红说,施将军府来人了,说
　　　　　　要为他家大公子提亲,小红说,老夫人好像很满意呢。

杜月娘　　哦。

杜　鹃　　小姐,你不恼?

杜月娘　有什么恼的。

杜　鹃　你不气?

杜月娘　有什么气的。(背躬)我若看错了他,或是嫁不了他,左右不过一死而已。

杜　鹃　(背躬)呀,看来小姐真是伤了心,都怪我多嘴。小姐,你勿要担心,适才老夫人说,要将施大公子和小姐的八字送到桃花观去,请石道姑算一算八字合不合。

杜月娘　只怕算下来,是我的命薄,我的命苦。(哭)

杜　鹃　小姐,怎么又哭了? 小姐,老夫人也是为了你好,听说这施大公子还是个解元呢!

杜月娘　解元却又如何? (赌气地)我去对婶娘说,我杜月娘要嫁,就要嫁个状元郎。

　　　　〔杜夫人上。

杜夫人　什么状元郎啊? 月娘,你适才在说什么?

杜　鹃　啊,老夫人,小姐她没有说什么呀!

杜月娘　(跪下)婶娘。

杜夫人　(吓一跳)好好的,怎么跪下了? 杜鹃,快扶小姐起来。

杜月娘　(推开杜鹃)婶娘,
　　　　(唱)月娘自幼父母丧,
　　　　　　　全靠叔婶来抚养。
　　　　　　　深恩如山难回报,
　　　　　　　愿时时侍奉在身旁。

杜夫人　哎,你的孝心我们都知道,可女儿家青春短暂,我们又怎能误了你的终身呢?

杜月娘　(唱)月娘我,自负才貌世无双,
　　　　　　　此生只嫁状元郎。

杜　鹃　小姐。

杜夫人　(意外地)月娘,你有这样的心,为何不对婶娘说呢? 只是,那状元一科只得一个,还不知道他是老的,少的,黑的,白的,家乡何方,可曾婚配,这,这可难办了。

杜月娘　(唱)如是无缘状元郎,
　　　　　　　月娘不离您身旁。

杜夫人　孩子,可我们都老了,总有一天会离开你,那你又怎么办?

杜月娘　(唱)二老离去我守坟茔,

　　　　　　孝满后香魂赴清江。

杜夫人　(吓坏了,抱着月娘哭了起来)儿啊,我的好月娘,你可不能这样想,你说这样的话,不是生生要了婶娘的命吗?

〔杜月娘在杜夫人怀里哀哀地哭着。

杜　鹃　(背躬)唉呀,我一句话,竟把小姐气成这个样子,如今如何是好呀?方生呀方生,你真是害人不浅。哎,是了,解铃还需系铃人,我还是去找那方生,把事情问个一清二楚才好呀。

第六出

〔杜鹃、方生和方母。

方　生　(指着杜鹃,恨不成声)你呀,你呀!唉!

方　母　(气急败坏)杜鹃你个小丫头,

　　　　(唱)平日里,蛮机灵,

　　　　　　为何把清水搅成浑?

杜　鹃　(唱)谁让你们不说清,

　　　　　　我杜鹃哪知这用心。

方　母　(唱)闯下大祸还嘴硬,

杜　鹃　(唱)要打要罚我不吭声。(跪下)

方　母　你,唉,我打你罚你又有什么用呢?(拉杜鹃起来)好端端的,竟出了这样的事,如今该怎么办呢?

杜　鹃　不如,让方相公去赴考,说不定还真能中个状元呢。

方　母　你说中就中,你又不是王母娘娘,金口玉牙。

杜　鹃　你不是夸你这儿子绝顶聪明吗?怎么又不相信他了?

方　母　哼,不就是个状元郎嘛,有啥了不起。只是,就算要去考,还要等上三年呀。

杜　鹃　是啊,三年,三年,只怕我家小姐这身子,连三月也等不了了。

方　生　唉,时也,运也;运也,命也。命里有时终须有,命里无时莫强求。

方　母　(心疼地)子彦。

方　生　（唱）闻小姐泪飞如麻，

　　　　　　可怜我空劳牵挂，

　　　　　　眼见得好姻缘成了镜中花，

　　　　　　两分开叹这余生如何打发？

　　　　也罢，

　　　　　　她若是将此生来作罢，

　　　　　　我绝不独活辜负了她，

　　　　　　一朝风送花落去，

　　　　　　迎回香魂入方家。

　　　　　　阴阳两隔拜天地，

　　　　　　洞房夜，方子彦随她魂归九泉下。

方　母　（哭）儿啊，你可不能这样想。

方子彦　（捧画）小姐啊小姐，你我此生无缘，只求来生再见！（气极，吐血于画卷之上）

方　母　（惊惧，扶住方生，哀）子彦，儿呀！

杜　鹃　方相公，方相公！

　　　　〔两人扶方生坐下。

　　　　〔方母泪如雨下，转身不忍看儿子。

杜　鹃　（唱）我不该胡猜乱想，

　　　　　　害了这苦命鸳鸯。

　　　　方相公，你且放宽心，我们再好好合计合计，或许还有法子呢。
　　　　你也说了，运也，命也，我看你和小姐，情投意合，定是有缘有
　　　　份。不如，不如你也去那桃花观，去求上一签，问一问这姻缘
　　　　如何？

方　生　神道之言，如何做得了真？

杜　鹃　你不信啊，可是我们家老夫人可相信了。她无论大事小事，都
　　　　要问过石道姑，连我家小姐当年投奔杜府，她都去算过一命，
　　　　说小姐和她相生，这才迎进府来的。

方　生　真乃妇人之见。

杜　鹃　管她什么见，反正老夫人呀，已经把小姐和施大公子的八字送
　　　　到桃花观去了。

方　生　（蓦然起身）唉呀！

方　母　子彦,你又怎么了?

方　生　(抓住杜鹃的手)杜鹃,你适才说什么?

杜　鹃　我,我适才没有说什么呀。

方　生　你可是说老夫人最信算命?

杜　鹃　是呀,这可是真的,不是我胡说。

方　生　(兴奋地)唉呀,这下子小生我,有救了! 哈哈哈!

　　　　　〔方母和杜鹃面面相觑。

方　生　(唱)月娘她要嫁状元郎,

　　　　　　　　老夫人迷信断阴阳,

　　　　　　　　携重金前往桃花观,

　　　　　　　　求道姑乱判姻缘状!

杜　鹃　啊,可是那石道姑是出了名的半仙,她岂能胡判乱算?

方　生　(唱)怪力乱神不可信,

　　　　　　　　道姑岂能知天命。

　　　　　　　　桃花观中打算盘,

　　　　　　　　不为钱财我不信。

方　母　啊,(喜出望外)好咯好咯,这个法子也亏了你能想出来!

杜　鹃　是呀,真是个好法子。

方　生　杜鹃啊,你说过:

　　　　　(唱)杜府择婿,一要家世二要权,

　　　　　　　　白衣书生,上门求亲难上难。

杜　鹃　是呀。

方　生　(唱)如今我,已是那,相国族弟,

　　　　　　　　论门第,洛阳城,谁人能比?

杜　鹃　也对。

方　生　(唱)怕月娘,受穷苦,我四处奔走,

　　　　　　　　朝也画,暮也画,得千金入手。

杜　鹃　我看见了,你把房子都整修了,家具也都换了新的。

方　生　(唱)再加上,桃花观,一张铁口,

　　　　　　　　算方生,命中是,文中魁首。

　　　　　　　　门第金银加官帽,

　　　　　　　　却不信,老夫人不将月娘与我结鸾俦!

〔方母、杜鹃相视而笑。

杜　鹃　这下好了,我快些回去,把好消息告诉小姐去。方相公、方大娘,杜鹃告辞了。

〔杜鹃下。

方　生　娘,你在家等着,我也去了。

方　母　你去哪里呀?

方　生　去桃花观呀!

方　母　儿啊,你还老说娘性子急,我看你也不慢。你去桃花观作甚呀?

方　生　求道姑为我行个方便。

方　母　道姑凭啥与你行方便?

方　生　啊,哎呀呀,我果然是昏了头,(对母一揖)娘啊,你快些去给我取些银两来,多多益善,多多益善。

第七出

〔杜夫人一个人坐着发呆。

〔杜月娘和杜鹃上。

杜　鹃　老夫人刚从桃花观回来。

杜月娘　你说那方生可是真的把事情都办好了?

杜　鹃　那是自然。(笑)嘻嘻,也不知方相公让石道姑都说了些什么。小姐,你看老夫人坐在那里发呆呢。

杜月娘　我们进去吧。

杜　鹃　老夫人,老夫人!

杜夫人　(吓)呀,你个小杜鹃,吓坏老身了。

杜月娘　婶娘因何事愁眉不展?

杜夫人　月娘,你来,坐下。

杜　鹃　老夫人,你不是刚从桃花观回来吗? 那施大公子的八字如何?

杜夫人　多嘴。出去。

〔杜鹃下,在门外偷听。

杜夫人　这施大公子嘛,

　　　　(唱)命中有财又有权,

　　　　　　光耀门第福非浅。

杜月娘　（意外）啊？这不对吧。

杜　鹃　咦，不是说好了吗？

杜夫人　有什么不对，看起来，这施大公子还真是个贵人，婶娘没有看走眼。

杜月娘　（又气又急，对门外喊）杜鹃，杜鹃！

　　　　〔杜鹃发愁，不敢进去。

杜夫人　你唤杜鹃作甚？

杜月娘　我，（突然想起）那他命中可带文曲星？

杜夫人　唉，他什么都好，就是不带文曲星，没有状元命！

杜月娘　啊？（偷笑）真是好可惜呀。

杜夫人　有啥可惜，幸好让石道姑给算了算，唉，现在想起来我背上还发冷，嗖嗖直冒凉气！

杜月娘　啊，这却是为何？

杜夫人　石道姑说：

　　　　（唱）你是木命他是金，

　　　　　　　金克木来是苦命！

　　　　　　　万贯家财全断送，

　　　　　　　官司缠身，还要绝子孙。（说完，倒抽一口凉气）

杜月娘　啊，为何，（忍笑）为何如此惨呀！

　　　　〔杜鹃笑坏了。

杜夫人　是啊，婶娘我一番好心，差点误了你的终身，想起来真是后怕！唉哟，万幸万幸！

　　　　〔杜月娘掩口笑。

杜夫人　我跟着又把你的八字给那石道姑看，没想到那石道姑说：

　　　　（唱）小姐是诰命夫人相，

　　　　　　　要嫁明科状元郎。

　　　　看起来，月娘你的命果该如此呀！

杜月娘　哦，真是这样呀？（偷笑）那婶娘为何还闷闷不乐呢？

杜夫人　我接着又问，你命中那位状元郎在何方，可这石道姑说得好奇怪哉。

杜月娘　如何奇怪？

杜夫人	（唱）明科状元在洛阳，
	若问姓氏……
杜月娘	可是方？
杜夫人	啊，你说啥？
杜月娘	没，没有，我是问在洛阳哪一方？
杜夫人	哦，（取笑月娘）你呀，还真是心急，你勿急，听婶娘慢慢说下去。
	（唱）明科状元在洛阳，
	若问姓氏……
杜　鹃	本姓方！
杜夫人	（唱）却难讲。
	不知年岁和模样，
	不知家居在何方。
杜月娘	啊？如何会这样呢？
杜　鹃	奇怪，这方相公搞的什么鬼呀？
杜夫人	是啊，我也觉得奇怪，不过，道姑又说了：
	（唱）今日午时是大吉，
	状元郎君入府里。
	一身白衣骑白马，
	烫金拜帖来见你！
杜月娘	见你？见谁呀？
杜夫人	唉呀，就是来见我！
杜月娘	哦，（忍住笑）真的好奇怪呀！
杜　鹃	（笑得直不起身来）这个方相公，看勿出来，真会装神弄鬼！
杜夫人	这话说得清清楚楚的，可我还是觉得奇怪嘛，好端端个状元郎，我又识他不得，怎会突然上门来见我？月娘啊，你说是不是石道姑老了，算不准了？
杜月娘	啊，不会不会，石道姑是出了名的仙姑，一张铁口，能断阴阳，一定准的。
杜夫人	是啊，我也知道。可你说这，这，唉！
杜月娘	婶娘容禀。（跪下）
杜夫人	怎么又跪下了？一见你跪，我就害怕，月娘啊，有什么话就说

吧,婶娘都依你。

杜月娘　(唱)谢婶娘,慈母心,不辞辛劳,

　　　　　　桃花观,为月娘,求神问道。

杜夫人　(眉开眼笑)这算得了什么?

杜月娘　(唱)今生因缘前生定,

　　　　　　不由月娘不信命。

　　　　　　婶娘啊,今日正午时分,

　　　　　　不管来者何人,

　　　　　　无论美丑老少,

　　　　　　便是月娘郎君。

杜夫人　啊,可我还是担心,如真的是个丑八怪,却如何是好呢?

杜月娘　(唱)相貌本是父母生,

　　　　　　美丑难断人本性。

　　　　　　月娘但求得真心,

　　　　　　夫妻合睦共此生。

杜夫人　唉,你若能想开,婶娘也不说什么了。杜鹃。

杜　鹃　哎,(进门)老夫人唤我何事?

杜夫人　呀,今日唤你,来得这么快?

杜　鹃　老夫人,杜鹃一向都这么快呀!

杜夫人　如今几时了?

杜　鹃　待我去看看,(到窗口望一望,回)禀老夫人,快到午时了。

杜夫人　这就快到了? 你去大门口看看,可有什么人要上门来。

杜　鹃　是,老夫人,杜鹃这就去。

　　　　〔杜鹃出,往大门走去。

　　　　〔杜夫人坐立不安,杜月娘也有些不安,两人在屋内徘徊,不觉
　　　　碰到了一起。

杜月娘　(扶)婶娘。

杜夫人　唉,我这心里好急,不如,你在这里等着,我也去门口看看。
　　　　(转身要走)

杜月娘　婶娘。

杜夫人　哦,是了,你也着急,那你随我一起去吧。

　　　　〔杜夫人和杜月娘出,三人在门缝里张望。

〔家人上。

家　人　（奇怪）老夫人。

杜夫人　（吓一跳,强作镇静）你来得正好,去,到门外等着,远远地看见一个着白衫,骑白马的人,就快来禀报。

家　人　是。（出）

〔三人都等得焦急。突然家人推门。

家　人　老夫人,我看见了。

〔三人都喜出望外。

杜夫人　真的看见了? 来人什么样子? 是老是少? 是美是丑?

家　人　我,我没看清。

杜夫人　真没用,出去候着。

〔家人出。杜夫人兀自张望。

杜夫人　（突然惊叫）唉呀,我的天啦!

杜　鹃　老夫人,怎么啦?

〔杜夫人指着门外说不出话来。

〔杜鹃凑近门缝一看,也大惊失色。

〔杜月娘觉得奇怪,也上前一看,愣住了。

〔只见一个白衣人骑白马而来,来人肥头大耳,状似痴呆。

杜夫人　这,这可不行呀!

杜　鹃　我看他定是路过的。

杜月娘　可他,他往府门口来了。

〔白衣人走到门口,下马,家人迎上前去。

杜月娘　（都快哭出来了）杜鹃,这人是从哪里来的? 为何方……

杜　鹃　（赶紧捂住她的嘴,悄声地）小心老夫人听见。

〔白衣人骑上马走了。家人进门。

家　人　老夫人,那白衣白马人来了,可他是来问路的,又走了。

杜夫人　走了好,走了好呀! 吓死我了。

〔杜鹃扶老夫人到一边坐下。杜月娘长吁。

〔方生着白衣,骑白马,神采奕奕地上。

方　生　（唱）今日里,云淡风清精神爽,

　　　　　　　花开似锦马蹄香。

　　　　　　一路行来心欢畅,

方生此去会月娘。

入西门,转街角,

眼前忽现观音堂。

堂前只见香火旺,

善男信女求神忙。

见此景,把头摇,

方生打马过庙堂。

求神不如求自己,

妙计赚得美娇娘。

转街角,见牌坊,

夫子神庙书上方。

方子彦下马深深拜,

多谢圣人传书恩泽长。

书中果有颜如玉,

书中果有黄金藏。

劝世人,读书勿要做书虫,

心中定要有主张。

不觉杜府眼前现,

方生下马来整装。

烫金拜帖呈门房,

求见我那好婶娘!

〔方生将拜帖递给家人,家人进门。

家　　人　（入内)老夫人。

杜夫人　又有何事?

家　　人　白衣白马人来了。

杜夫人　（不太相信)谁来了?

家　　人　一个白衣白马人! 这是他的拜帖。(呈上)

杜夫人　啊,真的来了?（展开看,读)洛阳秀才,相国族弟,方子彦求见杜府老夫人。

杜　　鹃　小姐,来了,真的来了。

杜夫人　方子彦? 我好似听过这个名字? 相国族弟? 哦,门第倒也不差。

杜　鹃　老夫人，要不要见他？

杜夫人　啊,快快快,楞着干什么? 还不快快请进。等等,杜鹃,你先陪
　　　　小姐回房去,我也回堂上去了。

　　　　〔杜夫人进堂,杜月娘和杜鹃绕到堂后。

　　　　〔家人开门,请方子彦进来。

方　生　(恭恭敬敬地)小生方子彦,给老夫人请安。

杜夫人　(仔细地看着他,总觉得面熟)方先生,我是见过你吧? 为何如
　　　　此面善?

方　生　小生此番前来,便是向老夫人陪罪来了。(跪下)

杜　鹃　嘻嘻,他还真跪了。

杜夫人　方先生为何行此大礼? 老身可当不起,快快请起。

方　生　当日牡丹园中,小生不和与老夫人有小小口角,实在是不
　　　　应该。

杜夫人　啊,原来是你。

方　生　小生归家后,左思右想,深觉愧疚,坐立难安,故此今日特意前
　　　　来拜见,当面请罪。望夫人大人宏量,原谅了小生才好。

杜夫人　哦,算了,区区小事,何足挂齿。方先生,你且坐下。(上下仔
　　　　细地打量着方生,脸色越来越好)奇怪,当日只觉他甚是讨厌,
　　　　为何今日看来,却是一个方正君子,俊朗少年? 好啊,好啊,只
　　　　这人品,也不亏了月娘。方先生,不知先生可曾婚配?

杜　鹃　小姐,入正题了。

　　　　〔杜月娘娇羞。

方　生　小生功名未成,还不想娶亲。

杜夫人　哎,功名嘛,该你的就是你的,勿要着急。亲事嘛,有好的还是
　　　　应该考虑才是。

方　生　只是小生家中清寒,怕误了好人家的女儿。

杜夫人　哎,这有何妨? 我倒陪妆奁,送她风风光光出门去。

方　生　夫人何出此言?

杜夫人　实不相瞒,我有一侄女,才貌双全,尚未婚配。我看先生你,相貌
　　　　堂堂,实乃正人君子,有意将侄女许配与你,不知先生意下如何?

方　生　这个……

杜　鹃　小姐,这方相公还真能装呢,日后你可要小心点,别被我这姐

夫给骗了。

杜月娘 啐,休要胡说!

杜夫人 (眼巴巴地望着他,想起)哦,你也见过的,就是你当日的画中人。不知,方先生意下如何呀?

方 生 这个……

杜夫人 哎呀方先生,你究竟还有啥不愿意的呢?

方 生 (赶紧)哎,既然夫人垂爱,小姐不弃,方子彦自当依从了才是。

杜夫人 (大喜)哈哈,你同意了?

方 生 小生这就回去,请大媒前来下聘提亲。

杜夫人 哎,何必麻烦,你身边有何物?留下为聘便可。石道姑说了,三日后便是大吉,宜婚嫁,我看,今日把婚期也定了吧。

杜 鹃 (笑)小姐,你看夫人就像在抢女婿!小姐,你要做新娘了,恭喜恭喜!

〔杜月娘喜难自禁,转身下。杜鹃随下。

方 生 如此,也好,小生全听夫人安排。

杜夫人 哎,怎么还叫我夫人呢?

方 生 哦,是,姊娘在上,请受小婿一拜!

〔杜夫人笑得合不拢嘴。

〔家人出,四周披红挂彩。杜夫人和杜员外、方母坐在堂中。方生穿上红袍。杜鹃扶月娘披盖头上,三拜成礼,送入洞房。

杜 鹃 (扶着月娘)新姑爷,请随我来。

方 生 (突然想起)杜鹃,大喜之日,为何不见我那舅老爷杜兄台?

杜 鹃 (含着笑偷指着杜月娘)入了洞房,你自己去问她。

方 生 (恍然)哦,(凑近月娘)原来娘子也会骗人呀!

〔三人同笑。

〔幕后合唱:原本是,梦中佳偶镜中缘,
　　　　　　得机遇,有情人结并蒂莲。
　　　　　　愿天上,牛郎织女终相伴,
　　　　　　愿世间,种种相思皆美满。

——全剧终——

剧 本 阐 述

　　越剧之美,不仅在于柔媚婉约的文秀之美,还在于她源自江南水乡的那一份自在天然的质朴之美。最能体现这种质朴之美的,是来自水上田头的民间喜剧,如《九斤姑娘》,便素来是我心中所爱。故此,萌发了写一部越剧喜剧的念头,便一直萦绕心怀。

　　一日,我读到奥斯特洛夫斯基的名剧《智者千虑必有一失》,不由怦然心动,这不是一部绝妙的讽刺喜剧样本吗? 遂取其合用之处,改头换面,以越剧传统的喜剧手段,演绎出一则白衣书生智娶美娇娘的故事。下笔但求情节轻快跳脱,博人一笑,淡化其他的意义或价值。

五场越剧

玄 武 门

胡 叠

人　物　李秀宁　李世民之妹,平阳公主,青衣。

　　　　李世民　秦王,小生。

　　　　柴　绍　李秀宁之夫,驸马,小生。

　　　　李　渊　李世民、李秀宁之父,老生。

　　　　张　妃　尹　妃　隋炀帝妃,后适李渊,花旦。

　　　　裴　寂　唐开国功臣,花脸。

　　　　太子妃、齐王妃、太监、宫娥等。

第一出　宫　变

〔幕后合唱:隋主无道天下乱,

　　　　　　大唐铁骑夺江山。

　　　　　　享太平,高祖安坐深宫苑,

　　　　　　有谁知,惊心惨变在眼前。

〔唐宫。

〔宫苑内,隐隐可见李渊和妃子们在饮酒作乐。

〔歌舞升平,繁华如梦。

〔李世民和裴寂上。

裴　寂　殿下,事已至此,求殿下早做决断!

李世民　早做决断?

裴　寂　殿下,府中兵马俱已整装待发,只需殿下一声令下。

〔李世民不语,低头徘徊。

裴　寂　殿下。若不先发制人,只怕太子和齐王的兵马到了,到时追悔
　　　　莫及啊殿下!

李世民　(沉吟)不,皇上终究是我的父亲,我还是入宫再求见他一次
　　　　吧。裴寂,你且回府等我。驸马一到,令他即刻来见我。

裴　寂　殿下,唉,是,末将遵命!(下)

李世民　(唱)李世民,入宫来,觐见父皇。

　　　　　　进朱门,怀心事,缓缓前往。

　　　　　　如今是,刀出鞘,箭在弦上,

　　　　　　兄弟间,情已断,杀机深藏。

　　　　　　宫内不知宫外事,

　　　　　父子之间隔高墙。

　　　　　或许他们是父子心连心，

　　　　　这宫墙，只把我一人来提防！

　　　　　一路上，重重珠帘绕回廊，

　　　　　走走停停细思量。

　　　　　放眼望，金碧辉煌好气象，

　　　　　更胜前朝旧模样！

　　　　　大隋江山两代亡，

　　　　　社稷更换须细想。

　　　　　再行来，步步花阶到玉堂，

　　　　　停停走走再思量。

　　　　　侧耳听，丝竹声声多悠扬，

　　　　　六宫粉黛尽举觞。

　　　　　（对太监）去禀告皇上，说我特来请安。

太　监　　是。（入内）

李世民　　（唱）果真是，太平盛世，行乐何妨？

　　　　　　　　却为何，我难忘，那杀戮战场？

　　　　　〔内隐隐的音乐声停。

李世民　　（冷笑）父皇啊父皇，我今日特意前来，只为求你一句话，却不
　　　　　知你肯否见我一面？

　　　　　〔太监出。

太　监　　（为难地）秦王殿下。

李世民　　（非常明白，笑）看来父皇还是不想见我。

太　监　　是。皇上请殿下改日再来请安。

李世民　　改日再来？！改日！（长嘘一口气，挥手示意太监下）

　　　　　〔太监下。李世民低头，独自徘徊。

　　　　　〔李秀宁上。

李秀宁　　（唱）李秀宁，入宫来，觐见父皇，

　　　　　　　　进朱门，怀心事，缓缓前往。

　　　　　　　　如今是，天下定，四海归唐，

　　　　　　　　我却是，心难安，无限彷徨。

　　　　　　　　总以为，战火歇，硝烟灭，

　　　　合家重聚亲情长。

　　　　却不想,父皇行乐在深宫,

　　　　一家骨肉隔高墙。

　　　　一路上,重重珠帘绕回廊,

　　　　走走停停细思量。

　　　　大哥、四哥掌朝政,

　　　　天下兵马归秦王。

　　　　兄长间,不见旧日往来亲,

　　　　似有嫌隙暗滋长。

　　　　再行来,步步花阶到玉堂,

　　　　停停走走再思量。

　　　　想秀宁,不问朝政卸金甲,

　　　　却也知,同胞手足和气伤。

　　　　父皇啊,你为父为君应知晓,

　　　　却为何,不见你居中调停当?

　　　　〔李世民起身,回望李渊宫门,怅然,转身却见李秀宁。

李世民　　(亲切地)秀宁,你也来了。

李秀宁　　(高兴地)二哥,王兄!

太　监　　奴才给平阳公主请安,奴才这就去禀告皇上。

李秀宁　　不用了,我和王兄说说话。你先下去吧。

　　　　〔太监退下。

李秀宁　　王兄。

李世民　　你还是叫我二哥吧,听着亲切。

李秀宁　　二哥,你也来看父皇?

　　　　〔李世民苦笑着点点头。

李秀宁　　父皇他又不见你?让我去替你说说吧。

李世民　　算了。我今日来,(停了停)也没有特别重要的事。

李秀宁　　(唱)二哥啊,秀宁心里不明了,

　　　　　父皇他,如今和你相见少,

　　　　　莫不是,二哥做事欠妥当,

　　　　　惹恼了父皇,你还不知晓?

李世民　　秀宁啊——

　　　　　（唱）秀宁妹，你当知，为兄禀性，
　　　　　　　　尊父母，敬兄长，弟妹亲近。
　　　　　　　　一朝征战沙场上，
　　　　　　　　十年肝胆奉辛勤。
　　　　　　　　铁甲不解马当先，
　　　　　　　　常抚新伤看月明。
　　　　　　　　如今太平仍思危，
　　　　　　　　重整朝纲，心系黎民。

李秀宁　　二哥——
　　　　　（唱）天下初定，
　　　　　　　　功归秦王。
　　　　　　　　朝廷内外，
　　　　　　　　谁人敢忘？

李世民　　（苦笑着摆摆手）为人臣，最怕是，功高盖主；天下定，良弓藏，
　　　　　前望无路！

李秀宁　　（唱）二哥此言欠妥当，
　　　　　　　　帝王乃是你父皇，
　　　　　　　　自古哪闻父妒子，
　　　　　　　　子解父忧本应当！

李世民　　子解父忧！
　　　　　（激愤地，唱）想当初，隋主苦逼难相酬，
　　　　　　　　　　老父性命旦夕休，
　　　　　　　　　　扪心问天，若非替父分忧愁，
　　　　　　　　　　我舍命叛隋，却为何求？

李秀宁　　既是如此，二哥为何会有这样的担心呢？

李世民　　（沉吟一下，看看秀宁，缓慢地）秀宁，我来问你，他日父皇百年
　　　　　后，谁为唐主？

李秀宁　　自然是太子大哥。（惊）啊？二哥你担心……（喃喃道）难道，
　　　　　那些传言都是真的？
　　　　　〔李世民背着手沉郁地徘徊着。李秀宁望着二哥，又望望宫
　　　　　门，也沉默了。

李世民　　（突然打破寂静）秀宁，三个哥哥，你最喜欢谁？

李秀宁　（脱口而出）自然是二哥了。

李世民　（高兴地）小妹说的可是真的？不是哄二哥开心吧？

李秀宁　我们兄妹四人，本是一母同胞，原不该分什么亲疏，只是，娘去
　　　　之后……

　　　　（唱）二哥关爱小秀宁，

　　　　　　　问寒问暖一片情。

　　　　　　　父皇虽也疼秀宁，

　　　　　　　总不如二哥你温言软语暖我心。

李世民　（温和地扶住她的肩头）秀宁，那时你还那么小，关心你，正是
　　　　二哥的本分。

李秀宁　（唱）二哥啊，你殷殷深情护弱草，

　　　　　　　谆谆良言把我教。

　　　　　　　最难忘，那一日，月上柳梢，

　　　　　　　你见我，燃清香，对月祈祷。

李世民　哦，那一天，我还记得。

李秀宁　（唱）女儿心事无人问，

　　　　　　　愁对清风诉月轮。

　　　　　　　不曾想，二哥你看在眼里记在心——

李世民　（哈哈一笑，唱）我做月老，让你和柴绍结鸾姻。

李秀宁　（感慨地）二哥，有时我真觉得，这世间，我只有你一个亲人！

李世民　（感动地）秀宁。（拍拍她）不只有我，还有柴绍呢，他对你不
　　　　好吗？

李秀宁　（害羞地）二哥！

李世民　（欲言又止）秀宁……

李秀宁　（敏感地）二哥有话要说？

李世民　（四下看看）秀宁，二哥有话想问你，想听你讲一讲真心话！

李秀宁　二哥请讲！

李世民　（唱）我也曾，教你识字读书经，

　　　　　　　只望你，将门虎女心清明。

　　　　　　　而今天下战乱停，

　　　　　　　我问你，四海内，是否太平？

李秀宁　（唱）好河山被战火席卷，

             到如今百废待兴。

             刀剑虽可夺天下,

             要坐江山,兵强不及用良臣。

李世民　(唱)秀宁果然好胸襟,

             句句话儿得我心。

             如今是,父皇享乐在深宫,

             国事尽皆付建成。

             小妹啊,为兄再问你一句,

             太子能否用贤臣?

李秀宁　大哥他,唉,太子大哥的性情,秀宁当然知道。秀宁有时也想,若二哥能……只是,太子只有一个,而他又是我嫡亲的大哥!

    〔李世民脸色多变,沉思。

李秀宁　(看着李世民,心中沉重,却佯作轻松)不过——

    (唱)有二哥辅佐龙案边,

             大唐基业会稳如泰山!

李世民　秀宁,不用我说,你也知道,我们李家夺得这个天下,付出了什么样的代价!

李秀宁　我自然知道。

李世民　三弟元霸和你性情最相投,你们小时候常在一处玩耍,可怜他,可怜他未及弱冠,便,便……

李秀宁　(含泪)我常常都觉得三哥他没有死,他只是出征去了,总有一天会回来的。

李世民　我也是这样想的,你我三兄妹,素来感情最好。(突然冲动地扶住秀宁的肩)秀宁,我的好妹妹,如果,如果日后二哥做事伤了你的心,你会怪二哥,恨二哥吗?

李秀宁　二哥做事,素来有分寸,有道理,秀宁定然不会责怪二哥的。

李世民　(眼眶有些湿润,哽咽)秀宁,我……

    〔李世民转过身去,说不下去了。

李秀宁　(吃惊地)二哥! 二哥!

李世民　哦! 我要走了,你去见父皇吧!

李秀宁　(莫名地紧张起来)二哥!

    〔柴绍上。

柴　绍	王兄!（意外看见李秀宁,有些惊慌）啊,公主,你,你怎么也在这里?

〔李世民皱起了眉,看看秀宁。

李秀宁	（也很意外）驸马,你回来了? 太子不是调你出京了吗?
柴　绍	这,这……（望向李世民）
李世民	秀宁,这些是朝廷的事,你不要过问。柴绍,我们走吧。
柴　绍	公主,我……
李世民	（拉他一下）走吧。

〔两人匆匆下。

李秀宁	（满腹疑惑）驸马回京,我竟然不知道? 二哥今日好奇怪,突然问我这些!（猛惊）

（唱）莫不是,真忧患,就在身边?
　　　二哥他,他,他,他,要自坐江山?
（捂住嘴,紧张地看看左右）不! 不! 不!
（唱）常言道,帝王之家亲情淡,
　　　可我们,却生死与共同患难。
　　　一母同胞四兄妹,
　　　同枝同根同助父皇坐江山。
　　　二哥他,明礼知书重情意,
　　　断不会,一念之差把大错犯!

〔太监引李渊出。

李　渊	秀宁!
李秀宁	（吃惊地）啊,父皇,女儿见过父皇!
李　渊	女儿啊,你一个人在这里发什么呆呢? 你可见到你二哥了?
李秀宁	见……哦,没有见到!
李　渊	你这孩子,说话怎么吞吞吐吐的! 来,陪父皇去御花园里走走!
李秀宁	是!
李　渊	秀宁,你适才在想什么?
李秀宁	父皇,我,我……
李　渊	呵,我知道了,你是在想驸马了吧? 唉,父皇也不想把你们分开,可元吉说……

李秀宁　四哥？驸马外调，不是太子大哥的意思吗？

李　渊　（自知失言）唉，朕真是老了，好多事也记不清了。

李秀宁　（更是满腹疑虑）是吗？

李　渊　你看你看，朕的确是老了，话也多了。待会你大哥和四哥要来，朕要先歇一歇。

　　　　〔李渊疲倦地坐下。

李秀宁　父皇，女儿觉得奇怪，父皇为何只见大哥和四哥，而不见二哥呢？

李　渊　（避而不答）秀宁弹首曲子吧，朕真的有点累了。

〔李渊合目养神。太监取过琴来，李秀宁也坐下，开始弹琴。

　　　　　〔幕后合唱：父女相依伴，

　　　　　　　　　　亲情暖心间。

　　　　　　　　　　可怜帝王家，

　　　　　　　　　　此景难再现。

　　　　　〔李秀宁弹着琴，想着心事，慢慢地停住了。

李　渊　（醒来）嗯，日移西山了。秀宁，你累了吧？

李秀宁　（温和地）父皇，是您累了，还是回宫歇息吧！

李　渊　奇怪，你两个哥哥怎么还没有来呢？

李秀宁　（心里涌起巨大的恐慌，喃喃自语）是啊，怎么没有来？

李　渊　不来也罢，朕再坐坐！秀宁，你先回去吧！

李秀宁　是。儿臣告退！

　　　　〔李秀宁转身退下。刚出门，突然一个太监狂跑上，差点撞倒李秀宁。

李秀宁　你！

太　监　（跪倒，颤抖）不好了！不好了！公主！不好了！

李秀宁　（恐惧）你说什么不好了？

太　监　（几乎说不出话来了）太太太……

　　　　〔李渊悄悄地走到了门边。

李秀宁　太，你是说太子？太子他怎么了？

太　监　玄武门外，太子和齐王起兵造反，被秦王殿下，杀，杀了！

　　　　〔李秀宁木然地呆立着，脑海里是一片空白。她突然感觉到什么，回头望见李渊。

李秀宁　（虚弱地）父皇！

李　渊　（停顿良久）哦，那他们是不来了。

　　　　〔李渊说罢，转身缓慢地往里走。李秀宁看着他的背影，想喊，但喊不出来。李渊下。

　　　　〔突然幕后一阵惊叫："皇上！皇上！"

李秀宁　（悲呼）父皇！（下）

　　　　〔幕后合唱：霎时间江山色变，

　　　　　　　　　　玄武门兄弟相残！

　　　　　　　　　　生死成败一瞬间，

　　　　　　　　　　骨肉血脉一刀断！

第二出　责　夫

　　　　〔唐宫。黄昏。

　　　　〔纱帘内，宫娥太监忙忙碌碌地来去。

　　　　〔李秀宁慢慢走上。

　　　　〔太监出。

太　监　禀公主，皇上已然安睡了。太医说，皇上只需休息调养便可，并无大碍，请公主回去安歇吧！

李秀宁　你下去吧。我在这里陪一陪父皇。

太　监　是。

　　　　〔突然，一声凄凉的鸦鸣响起。

李秀宁　（惊）啊？（不觉有些战栗）这是什么声音？

太　监　公主，这是乌鸦在叫。奴才这就让人把它轰走。

　　　　〔李秀宁挥挥手，太监下。

　　　　〔李秀宁抬目四望，周围寂静如死。

李秀宁　不过一声鸟鸣，便吓坏了我，李秀宁啊李秀宁，你这是怎么了？

　　　　（唱）我也曾，披战袍，纵横沙场，

　　　　　　　千军中，只当是，郊外徜徉；

　　　　　　　我也曾，领兵马，东征西闯，

　　　　　　　披星月，宿荒山，何惧风霜？

　　　　　　　到如今，耳听鸟鸣心慌张，

莫不是,太平世,消磨了巾帼志壮,却添了儿女情长?

夜深人静,鸦叫声声好凄惶,

独坐高堂,玉殿空旷。

纵有宫灯万盏亮,

也难驱散寂寂中这无限的凄凉。

(怆然泪下)父皇啊,爹爹!

若早知,这宫装,是鲜血侵染,

我情愿,卸凤冠,着我旧装;

若早知,这宫苑,是白骨堆砌,

我情愿,离皇都,还我故乡;

若早知,这龙椅,令亲人反目,

我情愿,休将隋,换作大唐;

若早知,这江山,让骨肉相残,

我情愿,将性命,早往乱军中送葬!

泪千行,和血淌,

看不透生死茫茫。

不敢问,不敢想,

亲骨肉,而今魂归何方?

大哥! 三哥! 四哥! 娘啊!

〔柴绍上,见李秀宁,有些担心,又有些惶恐,在一旁徘徊。李秀宁掩面,恸哭失声。柴绍不由上前,将妻子拥入怀中。

柴　绍　(哽咽)秀宁!

李秀宁　驸马,驸马呀,太子和齐王的,的……(几乎说不下去了)如今在何处?

柴　绍　还在玄武门外。

李秀宁　(惊)何不送回府中去?

柴　绍　太子和齐王罪犯谋逆,秦王不敢自作主张,要等皇上的旨意。

李秀宁　(悲愤)人说杀就杀了,还等什么旨意啊!

柴　绍　(语塞)这,这……

李秀宁　如太子和齐王真的罪犯谋逆,又当如何?

柴　绍　先削去王爵,贬为庶人。

李秀宁　然后呢?

柴　绍　不得，不得葬入李家皇陵。

李秀宁　（大惊）什么？你说什么？

柴　绍　身为罪臣，不得葬入李家皇陵。

李秀宁　（震惊，喃喃地）不能葬入祖坟？难道要他们做孤魂野鬼不成？

柴　绍　秀宁，夜深了，还是回去吧。

李秀宁　（突然转身，森然地）我问你，是谁调你回来的？

柴　绍　这，（不敢直视妻子）是秦王。

李秀宁　你回京，为何连我也要瞒？

柴　绍　（低低地）那不是我的意思。

李秀宁　你偷偷回京，自然是秦王的一着好棋！杀太子和齐王，可是你
　　　　带回来的兵马？

柴　绍　（低低地）自然不是。

李秀宁　（蓦然转问）驸马，你我做夫妻有多久了？

柴　绍　三年不到。

李秀宁　你我相识又有多久？

柴　绍　七载有余！

李秀宁　（凄然地）日子却也不短了。
　　　　（唱）新婚夜，花烛前，
　　　　　　　你对苍天盟誓愿，
　　　　　　　我问你，能记否，
　　　　　　　当日心中何所愿？

柴　绍　公主啊……
　　　　（唱）当年誓愿从未忘，
　　　　　　　时时刻刻记心上。
　　　　　　　第一愿，愿大唐，国运无疆。
　　　　　　　第二愿，愿高堂，福寿安康。
　　　　　　　第三愿，愿夫妻，相敬爱，
　　　　　　　携手相伴地久天长。

李秀宁　（悲愤地）三个愿，三桩事，如今你却桩桩件件都违背！

柴　绍　我，我没有啊。

李秀宁　（唱）太子、齐王无端把命丧，
　　　　　　　大唐国运已动荡；

　　　　　　兄弟相残太凄凉，

　　　　　　老父听闻断肝肠；

　　　　　　你背妻杀兄，其心不良，

　　　　　　还说什么相敬爱，什么地久天长？

　　　　〔柴绍哑然，说不出话来！

李秀宁　七载相识，终究是知人知面不知心，

　　　　（唱）都说道，帝王之家无真情，

　　　　　　秀宁我原本不相信。

　　　　　　到如今，夫妻之间相欺瞒，

　　　　　　手足相残痛彻心。

　　　　　　一瞬间，天地改，

　　　　　　人鬼殊途泪难禁。

　　　　　　试看身边有何人，

　　　　　　可与我，同泣血，共悲鸣？

　　　　〔李秀宁拂袖而去。

柴　绍　秀宁，秀宁，（望着秀宁的背影，不由泪下）秀宁，我，我，唉！

　　　　（唱）听爱妻，声声骂，直刺心间，

　　　　　　口难开，理难讲，如何分辩？

　　　　　　秀宁啊，你可知晋阳起兵前，

　　　　　　李世民，招兵买马无粮钱。

　　　　　　我柴家，万贯家财倾囊出，

　　　　　　只希望，金银能把前程换。

　　　　　　喜的是，秦王得势天下安，

　　　　　　我与公主，得结并蒂莲。

　　　　　　忧的是，太子流连风月间，

　　　　　　齐王多疑难相伴。

　　　　　　怕的是，帝业二代不得传，

　　　　　　一番苦心化成烟。

　　　　　　因此我，助秦王，戴皇冠，

　　　　　　大唐江山得绵延，柴家富贵才能双全。

　　　　公主，秀宁，这许多的事情，我如何对你讲得清，我如何对你说得明呀！

〔太监上。

太　监　公主吩咐,驸马请回。驸马,请回吧!

〔柴绍长叹一声,失魂落魄地下。

〔幕后合唱:深宫人寂寂,

但听无边雨声诉愁思。

长空孤雁鸣,

更使断肠人儿悲生死。

第三出　惊　雷

〔唐宫,夜深。

〔李秀宁伏在案上合衣而眠。

〔李渊披衣出,见状,将衣服披在女儿身上。

〔李秀宁惊醒,忙扶父亲坐下。

李秀宁　父皇,您觉得怎样了?

李　渊　还好,大概还可以活上一阵子吧。

〔李秀宁忍不住伏在父亲膝上哭了起来。

李　渊　(摸着女儿的头发)好女儿,哭什么呢?

李秀宁　父皇,女儿不能为父皇分忧,心里好难过!

李　渊　你啊,真是个傻孩子,是个好孩子!

李秀宁　父皇,女儿有话,不知该不该问?

李　渊　唉,问吧!

李秀宁　大哥和四哥难道真的是起兵造反?

李　渊　(唱)建成位居皇太子,

他起兵难道反自己?

李秀宁　那,那难道是二哥他……

李　渊　(唱)得天下,世民功劳自最高,

论才干,皇位传他会更好!

李秀宁　(唱)父皇心中既知晓,

就应该,早立二哥祸事少。

大哥、四哥命可存,

合家融融多欢笑!

李　　渊　秀宁,你毕竟是女儿家,想得太简单了。建成、世民、元吉,谁不想坐天下? 除非有人肯让! 可谁肯,谁肯啊?!

李秀宁　但,但总该想个法子,总有什么法子吧?

李　　渊　(悲怆地)唯一的法子,就是李家不要这个江山!

李秀宁　当初起兵之时,父皇难道没有想到今天?

李　　渊　(唱)想当初,太原起兵,
　　　　　　　　只说是,废昏立明。
　　　　　　　　天下道,我有帝心,
　　　　　　　　有谁知,其中另有隐情!

李秀宁　隐情?

李　　渊　(陷入回忆之中)当年为父我位列公卿,虽说隋帝对我深有猜忌,但经多方斡旋,终得以安居晋阳。原指望就此终老,尽享天伦,谁知道,有一天……

李秀宁　(紧张地)有一天?
　　　　〔李渊沉默地望向殿外,似在回忆,又似在感慨。

李秀宁　父皇!
　　　　〔窗外突然划过一道闪电,惊雷滚滚。
　　　　〔李秀宁下意识地往父亲身边靠近了一步,转身见李渊呆立当场。

李秀宁　父皇!
　　　　〔狂风骤起,宫灯明灭不定。
　　　　〔李渊神思恍惚,追忆起多年前的往事。
　　　　〔李渊背立,身边跪着尹妃、张妃,面前站着裴寂。

李　　渊　裴寂啊裴寂,我素来待你不薄,你何以如此误我?

裴　　寂　如今隋主无道,唐公手握重权,公子广聚人马,如若起兵,当建万世不朽之业!

李　　渊　(怒叱)裴寂,
　　　　　　(唱)听此言吓得我胆颤心惊,
　　　　　　　　裴寂你胆大妄为太过分!
　　　　　　　　李渊我无心谋帝业,
　　　　　　　　只愿晋阳终老享安宁!

裴　　寂　唐公你酒后误入行宫,还与两位妃子一夜缠绵,论罪当在

　　　　　　灭门!

李　　渊　(恨极)这,这分明是你蓄意灌醉老夫,陷害于我!

裴　　寂　唐公,此事并非在下之意,乃是与公子商议而为。天下形势,
　　　　　瞬息万变,为求速速起兵,实在是不得以而为之!

李　　渊　(惊愕)你说什么? 你和谁商议过? 哪一位公子?

　　　　　〔李世民上。

李世民　父亲,裴公之言,深识时务,万望父亲三思!

李　　渊　(大怒)是你! 世民,你竟勾结外人,为李家带来如此横祸,我
　　　　　拿你上殿面君去!

　　　　　〔裴寂示意两位妃子。

张　　妃　(哀求)唐公!

尹　　妃　(干脆抱住李渊的腿)唐公!

　　　　　〔李渊看看二人,长叹一声,不知如何是好。

李世民　父亲!

　　　　　(唱)如今昏君当道,难振朝纲,

　　　　　　　谁为苍生问兴亡?

　　　　　　　群雄纷起争天下,

　　　　　　　晋阳城外皆战场。

　　　　　　　独善其身不可为,

　　　　　　　同举义兵方为上。

　　　　　　　反隋帝,解百姓疾苦,

　　　　　　　愿将热血迎风浪。

　　　　　　　建大业,逐乾坤浩荡,

　　　　　　　英雄何惧乱世狂。

李　　渊　(看着李世民,像是不认识这个儿子)世民,你说的可是心
　　　　　里话?

李世民　是!

李　　渊　你招兵买马,对我说只为自保,原来却另有图谋!

李世民　是!

李　　渊　(怒极而笑)哈,好一个济世安民的大英雄! 你的雄心壮志,竟
　　　　　连父亲也要瞒着!

李世民　儿子只怕父亲不肯。

李　　渊　你明知我不肯,故设下如此妙计,你,你也不怕你母亲伤心!

李世民　母亲病重,久已不能陪伴父亲,孩儿此举,也是为母尽心。

〔李渊直指李世民,气得一时说不出话来。

〔裴寂见势不妙,再次示意二妃上前。

尹　　妃　(佯哭)唐公,此事与二公子无关,想我和姐姐长年留在晋阳行宫,不见皇上临幸,深为寂寞。

张　　妃　是啊,皇上薄情,令我姐妹心灰。唐公回晋阳后,常来问安,我姐妹私心相许已久,故恳求裴大人成全。

裴　　寂　是,确实是两位妃子求我在先。

尹　　妃　我姐妹虽是蒲柳之身,与唐公相会,也是前缘注定。如唐公厌弃我们……(泪下)

张　　妃　我姐妹既不能再侍奉皇上,又为唐公所弃,实在无路可走,只好一死了之!(哭)

尹　　妃　姐姐!

〔两人哭作一团。

〔李渊见状,慌得不知如何是好,想扶起两人,又不敢。

李世民　(唱)劝父亲大人再思忖,

天大祸事已铸成。

皇上残暴罪难恕,

不起兵只怕阖家上下命难存!

裴　　寂　唐公!

张　　妃　唐公!

尹　　妃　唐公!

李世民　父亲!

李　　渊　(知此事已不可挽回,黯然跌坐,良久)罢罢罢!世民——

(唱)破家亡躯且由汝,

化家为国亦由汝。

〔窗外,闪电携狂风再起。

〔宫灯终灭。

〔宫娥将宫灯重新点燃。

李秀宁　原来是这样,还是二哥的主意!我还以为,二哥真的是替父分忧!

李　渊	此事,瞒过了你和建成、元吉,却瞒不过你的娘,我那结发的老妻!（老泪纵横）
	（唱）老妻伴我三十载,
	结发恩情深似海。
	谁料到,一朝骤然生是非,
	她重病哪堪风雨来。
	〔李秀宁掩面而泣。
李　渊	（唱）老妻病故悔且哀,
	愁聚眉头难开怀。
	从此事事无心理,
	身似枯木春不再。
李秀宁	父皇……
李　渊	（唱）人只道,李渊得志便轻狂,
	坐拥六宫好欢畅。
	有谁知,天下美人聚身旁,
	也难消,我心底这份凄凉。
李秀宁	父皇的心事,女儿竟然全不知情,女儿还曾怪过父皇,是女儿不孝。
李　渊	唉,你知道又能如何?
李秀宁	父皇,那你心里,可是在怨恨着二哥?
李　渊	（掩饰地）恨? 自己的儿子,我怎会恨他呢? 唉,父皇累了,你也回去歇息吧。
李秀宁	父皇,女儿还有事相求。
李　渊	有事明日再说吧,父皇真的累了。
李秀宁	父皇——
	（唱）眼见得,电闪雷鸣朔风狂,
	只怕是,天怒人怨惊上苍!
李　渊	女儿何出此言?
李秀宁	父皇,大哥和四哥,还在,还在那玄武门外,无人过问呐父皇!
李　渊	（痛心地）朕知道,为父知道。
李秀宁	求父皇下旨,将大哥和四哥好好地安葬了吧!
李　渊	我,我……（泪光闪动,有些站不稳了,扶住案子）好女儿,你先

回去吧。这件事,关系甚大,朕,还得和众大臣商议,再行
定夺。

李秀宁　(不敢相信自己的耳朵,惊愕)父皇,你说什么?

李　渊　你走吧,你快走吧!朕真的累了!

〔李渊几乎走不动了,宫娥扶住他,下。

〔李秀宁凝视着父亲的背影,震惊,良久。

李秀宁　啊?(喘气)叛逆之臣?!叛逆之臣?!

〔闪电惊雷再起,大雨终于倾盆而至。

〔李秀宁缓缓地往外走,神思恍惚,喃喃自语。

李秀宁　叛逆之臣!

宫　娥　公主,公主,外面下着雨呢!公主!

〔幕后合唱:风凄凄,

吹断了血脉相连父子情。

雨霖霖,

浇灭了满腔热望弱女心。

夜半独徘徊,

何人伴孤影。

第四出　劝　妹

〔玄武门外。大雨。

〔李世民一动不动地在雨中站着,遥望远处。裴寂在他身边。

〔天边不时有闪电划过。

裴　寂　殿下,回去吧。

〔李世民没有说话。

裴　寂　殿下,事到如今,你不宜在此地停留,走吧!

李世民　(低低地)大哥,元吉!

裴　寂　殿下,为大局着想,请回吧!

〔李世民的手紧握着佩剑,控制不住地颤抖着。

裴　寂　殿下。

李世民　(突然一声低低地,但却是狂怒地)滚!

裴　寂　(惊)殿下?

〔李世民没再说话，手一动，"当"的一声，佩剑已抽出一半。

〔裴寂猛地向后退去，脸色顿变。

〔李世民手一送，剑回鞘中。

〔裴寂又惊又怕，踌躇一下，转身离开了。

〔李世民的目光始终没有移动过，望向远处。那里是死去的太子和齐王陈尸之处。

〔李世民神色变化不定。良久。

李世民　（低低地）大哥，四弟！

　　　　（唱）冷雨斜风扑面迎，

　　　　　　　一片凄然添悲哽。

　　　　　　　本是同胞骨肉亲，

　　　　　　　而今蓦然隔死生。

　　　　　　　有谁知，我拔剑相向那一瞬，

　　　　　　　心中伤痛恨难禁。

　　　　　　　何时弟兄成陌路，

　　　　　　　利刃刺向自家人？

　　　　　　　若非怕，苍生再陷战火中，

　　　　　　　我岂愿，亲送骨肉入幽冥？

　　　　　　　我为天下背骂名，

　　　　　　　天下谁人知我心？

　　　　〔兵士上。

兵　士　禀秦王殿下，平阳公主到，说要带走太……叛臣的尸骨。

李世民　（猛地转身）公主来了？

　　　　〔李秀宁缓步上。

李秀宁　（冷漠地）平阳见过秦王殿下。

李世民　（一时不知该说点什么）秀宁。（回头喝斥）人呢？怎么让公主冒雨前来？

李秀宁　平阳多谢殿下关心了！

李世民　秀宁，你这是怎么了？怎么和二哥说话这么客气呢？

李秀宁　前车之鉴，血犹未干，平阳自当如此！

　　　　〔李世民一时无言以对。

李秀宁　（往远处眺望）那里摆放的，可是那两个叛臣的尸首？

李世民	（有些不悦了）秀宁！
李秀宁	生不得善终，死不得入土为安，原来叛臣贼子的下场果然凄惨！
李世民	（忍不住怒了）秀宁！你……（平息一下）秀宁，这件事，二哥也不希望发生。 （唱）原本是，血脉相连情谊浓， 　　　　一朝别离谁不痛？
李秀宁	（唱）一言出口好轻松， 　　　　两条命，却是你狠心来断送！
李世民	（唱）若不是，风雨骤变干戈动， 　　　　我怎会将，兄弟情意视作空。
李秀宁	（唱）兄弟情浓本是空， 　　　　我看你，一心只想做真龙！
李世民	（怒叱）秀宁！ （唱）我道你，有胆识，不输儿郎， 　　　　你却是，女儿家，难分短长！ 　　　　大唐江山，得来非易， 　　　　多少将士，命丧他乡！ 　　　　想三弟元霸，少年英名一世扬， 　　　　大志未竟，可怜他英魂断残阳！ 　　　　霸业铸成，其中多少心伤？ 　　　　桩桩件件，世民我永记心上！ 　　　　断不容，有人将钢刀倒转， 　　　　断不容，有人将江山横抢， 　　　　断不容，有人学前朝模样， 　　　　断不容，万里河山再经风霜！
李秀宁	你要霸业也可，你一人去要，何以令阖家都卷入？
李世民	（怒极而笑）哈！你真是父皇的好女儿！你听他说了些什么？ 〔李秀宁不答。
李世民	你不说我也知道。父皇可是说，他没有帝心，只想晋阳终老？他可是说，无心反隋，是我用计逼迫？他可是还说，连母亲的死，也和我脱不了干系？（不由仰天长笑）

此事天知地知,他知我知,且由他说去吧!

李秀宁　裴寂呢?

李世民　(直视她,叹息)秀宁,你果然还是天真。不过秀宁,二哥我,还是要多说一句大逆不道之言,父皇若不贪女色,又怎会为人用女色陷害呢?

〔李秀宁默然。

〔李世民望着李秀宁,也沉默了。

〔雨停了。

李世民　(温和地)秀宁,雨停了,你回去吧。

李秀宁　我想去看看大哥和四哥。

李世民　(脸色变)你,你还是赶快离开这里! 待明日上朝,父皇颁下圣旨后,你再去吧。

李秀宁　(哀婉地)我却不明白,今日和明日,又有什么分别?

李世民　(语气严峻)秀宁,这原本不是你该来的地方!

李秀宁　(哀求地)二哥!
　　　　(唱)可记得,五兄妹膝下承欢,
　　　　　　娘生前,是一般疼爱一般怜。

李世民　我记得。

李秀宁　(唱)娘去时,五兄妹跪在床前,
　　　　　　痛哭中,是一般凄怆一般熬煎。

李世民　我记得。

李秀宁　(唱)血浓于水心相连,
　　　　　　我怎能不声不响不理不睬忍见骨肉尸横面前!

李世民　秀宁啊秀宁,你还是不明白,如果人人都如你一般,将亲情放在心上,便不会有今日之变。你不妨去问一问父皇,他召见建成和元吉,所为何事?

李秀宁　(惊)父皇? (一阵恐慌)不,不会的。

李世民　秀宁,我本不想和你说这些。唉,你且回去,二哥自会给你一个交代。

〔兵士上。

兵　士　公主,请。

〔李秀宁望着李世民,点点头,竟然微微一笑。

李世民 (惊愕)秀宁,你笑什么呢?

李秀宁 秀宁长了二十年,直到今日才知道,世间之事,皆是因果循环,只是这前因后果,秀宁愚钝,却总是看不明白。秀宁多谢二哥指点。

李世民 (惊疑不定)你……

李秀宁 秀宁拜别二哥。

　　〔李秀宁深深地看了一眼李世民,转身向远处盈盈一拜。

　　〔李世民转头不看。

　　〔李秀宁默默地离开了。

　　〔李世民回头望着妹妹的背影,追了两步,又停了下来,徘徊,思忖良久。

李世民 (对兵士)去找驸马来。

兵　士 是。

李世民 (唱)见秀宁,双眉聚愁花容减,
　　　　　不由我,又是担心又是怜。
　　　　　如今我,江山坐拥怀抱间,
　　　　　叹只叹,骨肉亲人难团圆。
　　　　　母亲驾鹤归西天,
　　　　　父子恩情似尘烟。
　　　　　元霸弟,未及弱冠身先死,
　　　　　梦魂中,常见他还策马傲立夕阳边。

　　〔柴绍上。

柴　绍 王兄。

李世民 柴绍,我待你如何?

柴　绍 情同手足。

李世民 (笑)好一个情同手足! 天下已定,你柴家的万贯家财,我定会十倍奉还。

柴　绍 如此,我代柴家多谢王兄了!

李世民 但你们要的富贵双全,要的权势、爵位,却不由我决定。

柴　绍 (惶恐)王兄。

李世民 秀宁是我最爱的妹妹,肯将她许配给你,固然是为了回报柴家,也是看你对秀宁似有几分真心。

柴　绍　王兄，我对秀宁之心，天地可鉴。

李世民　我叫你来，是要你明白一点，
　　　　（唱）秀宁便是你柴家的命，
　　　　　　　她安好，则柴家恩宠无尽。

柴　绍　柴绍明白。柴绍自会好好照看公主。

李世民　秀宁重情，我劝她许久，但怕她还是想不开，你去陪陪她，再劝
　　　　劝她吧。

柴　绍　是。柴绍告退。
　　　　〔太监上。

太　监　奴才见过秦王殿下，见过驸马。
　　　　〔李世民和柴绍都是一愕。

太　监　奴才奉皇上口谕，宣秦王和驸马进宫。

李世民　（沉吟）奇怪！如今已过子夜，父皇宣我何事？

柴　绍　（紧张）王兄，我看皇上这道口谕来得蹊跷，不如不去！

李世民　（唱）父王宣召，问天下谁人敢违？

柴　绍　那，不如带上亲兵？

李世民　（唱）带兵入宫，莫非你也想谋逆？
　　　　〔柴绍吓得退后一步。

李世民　（对太监）前面引路。（对柴绍，笑）你如不敢去，本王替你
　　　　求情。

柴　绍　父皇宣召，柴绍怎能不去。王兄请。

李世民　你先请。（见柴绍犹豫）你请先！
　　　　〔柴绍犹犹豫豫地跟太监下。

李世民　（挥手召来兵士，低声地）速报府中，说我奉召入宫去了。

兵　士　是。
　　　　〔李世民冷笑一声，下。

第五出　归　去

　　　　〔李渊寝宫。
　　　　〔宫灯燃着，四下无人，冷清、寂静。
　　　　〔李渊静卧。一帘轻纱垂下，将内外隔开。

〔幕后合唱:绣帘垂,灯昏黄,

漏断人初静;

霜色寒,月半掩,

缥缈孤鸿影。

本道宫苑繁似锦,

而今却恨玉枕冷。

〔太监引李世民和柴绍上。太监退下。

李世民　父皇!

〔李渊没有回答。柴绍警惕地四下看看。

柴　绍　王兄,我还是觉得有些不妙。

李世民　(坦然地)你想多了,坐吧。

〔李世民坐下,柴绍忐忑不安,来回踱步。

〔太监上,引太子妃、齐王妃上。

太　监　(低声地)太子妃、齐王妃到。

柴　绍　(惊)她二人乃待罪之身,何敢至此?

〔李世民也暗自吃惊。

太子妃　(见李世民,不禁往后一闪,慌张地)见,见过秦王殿下。

〔齐王妃更是躲到了太子妃身后,远远地向李世民一拜。

李世民　可是父皇宣召二位进见?

太子妃　(点点头,恐惧地)我,我并不知道父皇召我等何事。

李世民　(沉吟半晌)既如此,两位请坐。

太子妃　(惨然地)我二人乃待罪之身,皇上和秦王之前,怎敢就座?

〔帘里,李渊缓缓地坐起来。

李　渊　来人。

〔太监忙上前搀扶,李渊站起来往外走。

李　渊　什么人在喧哗?

太　监　禀皇上,是秦王来见。

李　渊　(一顿,停住脚步)秦王?(语气颤抖)他,他来做甚?

李世民　(上前一步)儿臣参见父皇。(跪下)

李　渊　(一把抓住太监的手)真是秦王?!

柴　绍　儿臣参见父皇。

太子妃　儿媳参见父皇。

齐王妃 儿媳参见父皇。

〔三人齐齐跪下。

〔李渊这才继续往前走出来,缓缓地坐下,环视众人,目光停留在李世民身上。

〔李世民感觉到父亲的目光,待抬头,转念一想,将头垂得更低了。

〔李渊强压着心里的激荡,用手抚一抚胡须,但手却抖得厉害。

〔幕后合唱:亲人相见不相亲,
别有怀抱心难定。

李　渊 (哑着嗓子)都起来吧。

〔李世民和柴绍起身,太子妃和齐王妃仍跪着。

李　渊 你们?(不由又看看李世民)唉,你们此时进见,所为何事?

李世民 (惊)不是父皇宣召吗?

〔李秀宁腰悬佩剑,缓缓地走出。

李秀宁 是我假传圣旨,召大家来此。

〔众人神色不一。柴绍上前一步,又停住了。李世民的目光停在李秀宁的佩剑上。

李　渊 (也没生气)秀宁,你这是唱的哪一出?

〔李秀宁将手里捧着的两个灵位,放到了案上,拜了一拜。

李　渊 (站起来)秀宁,你为何将你娘的灵位请来了?

李世民 (脱口)还有三弟的!

李秀宁 (唱)自从晋阳起兵后,
李氏合家难聚首。
曾以为,一朝天下干戈休,
便可以,相顾一笑乐悠悠。

〔李秀宁挨个扶李渊、李世民、太子妃和齐王妃坐下。

李秀宁 (唱)谁知晓,几载征战风云骤,
山河破碎鬼神愁。
十万兵,但见旌旗射斗牛,
破城邑,可叹长河变血流。

李世民 (勾起回忆)是啊,十年混战,只杀得日月惨淡,白骨成堆。

〔众人都陷入了回忆之中。静场。

李秀宁　这一战,李家的儿郎,手上都沾染了血腥。而我,(低头看看自己的手)也一样。

柴　绍　公主,战争无情,这不是你的错。

李秀宁　(没有理他)这一战李家赢了。可娘死了,三哥也死了。(停顿,突然一笑)他们死得好啊!

李　渊　(斥)秀宁,你在说什么?

李秀宁　不好么? 娘若活到今天,却待如何? 三哥是性情中人,重情重义,他若不死,今日又会如何? 是帮大哥四哥,还是帮二哥?

　　　　〔没人说话。太子妃和齐王妃掩面而泣。

　　　　〔李世民看看柴绍。

柴　绍　(上前扶住李秀宁)公主,太子和齐王……

李秀宁　是谋逆? (笑)你说的是国事,我今日请大家来,谈的却是家事。(顾视四方)怎么? 难道我们不是一家人吗? (目光停留在李世民身上)

李世民　(迎向她的目光)既谈家事,秀宁你何须佩剑而来?

　　　　〔众人皆惊,起。

李秀宁　(取下剑,双手奉上)不知父皇可还认得这把剑?

李　渊　(接过,看)这把剑?

李世民　(不由上前一步)这把剑?

　　　　〔李世民伸手欲接过来,李渊手一拦,又将剑还给了李秀宁。

李　渊　这剑,朕似曾见过,但一时又记不起来了!

李秀宁　那一日,隋帝终于肯放爹爹返回晋阳,合家上下,无限欢喜。

　　　　〔幕后合唱:亲人劫后重聚首,
　　　　　　　　　　合家设宴在琼楼。
　　　　　　　　　　席间但闻笑语频,
　　　　　　　　　　管弦相伴乐声悠。

李　渊　哦,我记起来了。这剑……

李世民　我也记起来了!

李秀宁　这剑是爹爹临行前,隋帝亲赐。在席间,爹爹你拿出这把剑来。

　　　　〔幕后合唱:隋帝无道太猖狂,
　　　　　　　　　　一把剑,弑父篡位杀兄长。

李　渊　当日杨广赐我此剑，无非是警示于我，想他连父兄都杀了，何况我呢！

李秀宁　爹爹说，此剑乃不祥之物，留之恐于家室有碍，又不敢弃，问四位哥哥何人愿留。

李　渊　我还记得当时建成说……

〔幕后白：此乃圣上所赐，怕圣上垂问，理应爹爹留着。

李秀宁　三哥说……

〔幕后白：这剑是昏君的，要它何用，弃之荒野，有何不可？

李　渊　元吉说……

〔幕后白：我年龄最小，自然该三位哥哥佩戴为好。

李秀宁　那一日，三位哥哥都拒绝了，但二哥却没有说话。

〔李世民已明白李秀宁的用意，脸色铁青，避而不答。

李　渊　（不由冷笑一声）哼。我记得最后是秀宁你把它留下了。

李秀宁　（唱）秀宁当时年纪小，

　　　　　　　不知此剑有蹊跷。

　　　　　　　却喜它，碧玉玲珑金丝绕，

　　　　　　　精雕细琢十分妙。

　　　　　　　我向爹爹来讨要，

　　　　　　　爹爹说，女儿家，若配此剑恐不好。

　　　　　二哥你此刻却说，

　　　　　　　想秀宁，弱质纤纤性清高，

　　　　　　　定能使此剑杀气消。

　　　　　　　亲人和睦最紧要，

　　　　　　　化解戾气，于室于家是最好。

〔李世民不由低下了头。李渊看看他，一声叹息。余下众人皆各有所感。

李秀宁　从那一日起，秀宁就记住了二哥的话，亲人和睦是最最紧要的事。而这把剑，自秀宁懂事之后，便不再佩带，只恐真的会伤了亲情和气。没想到，没想到……

李　渊　（捂住脸，沉痛地）秀宁，你不要说了，不要说了。

〔所有的人都陷入了追忆中。

李世民　（深吸一口气，打破沉静）秀宁，你今日携此剑而来，恐不止为叙旧吧?

李秀宁 （跪下）父皇、二哥,大哥、四哥是否有罪,秀宁不知。秀宁只知,人死归尘土,黄土之下,一切生前的荣耀、罪孽,也尽如云烟消散。秀宁求父皇、二哥厚葬亡故,不为安慰死者,只为善待生者,抚其丧亲之痛。

〔太子妃和齐王妃见状,齐齐地跪下了。

太子妃、齐王妃 求父皇开恩。

李秀宁 求父皇开恩!

〔柴绍看看李世民,再看看李秀宁,也上前跪下。

柴　绍 求父皇开恩。

李　渊 （颤抖着站起来）你们,你们起来吧。这件事……（望向李世民）

〔李世民坐着不动,但神情非常复杂。

李秀宁 （走近李世民,轻声地）二哥,我知你心中所忧为何。

李世民 （猛抬头）你—知—道?

李秀宁 我知道。二哥啊,

（唱）你兴大唐,立帝业,千古名扬;
　　　肃吏治,定朝规,人称贤王。

〔李世民不由看看李渊,李渊心下多少有些愧疚,躲过他的目光。

李秀宁 （唱）到今日,玄武门,太子命丧,
　　　二哥你,怕的是,英名有伤。

〔李世民一震。

李秀宁 二哥啊,秀宁担心——

（唱）你纵将,谋逆大罪昭天下,
　　　只怕是,难掩百姓口相伐。
　　　百姓们,不管国事问家事,
　　　说只说,秦王你为登大位将兄弟杀!

〔李世民被触动心事,起,背对众人。

李秀宁 可百姓更重的是安居乐业。他日若二哥登基为皇,恩泽天下,使国泰民安,四海归心,百姓自然会感恩戴德,奉二哥为明主圣君。

〔李世民缓缓地转过身来。

李秀宁 而玄武门之变,便有人再提,也只会说,当日太子、齐王意图不
轨,幸得秦王平乱,方使天下得安。

〔李世民沉思。

李秀宁 二哥当日兴义兵,无非也是存此善心,要令天下百姓安乐。
(放缓声音)莫非,二哥心中所想的,只是这个龙椅不成?

〔一时间,众人皆沉默了。

〔突然传来一阵喧嚷声。太监上。

太　监 (战战兢兢地)皇上,不好了。

李　渊 (已似惊弓之鸟)何事?

太　监 (看看秦王)禀皇上,秦王府来人,说要见秦王殿下。

李　渊 那你为何如此惊慌?

太　监 他们,他们带兵刃而来呀,皇上!

〔李渊蓦然起身,顺手从秀宁手中拔出剑来,直视李世民。

李　渊 (压低了声音,狂怒)逆子,莫非你真要逼宫不成?

〔众人皆惊慌不已。

〔李秀宁拦在李世民面前。

李秀宁 父皇息怒,(温和地)二哥,可记得你曾问过秀宁一句话,日后
你做事若伤了我的心,我会怪你怨恨你吗?

李世民 我记得,秀宁你说,二哥做事定然有分寸,有道理。

李秀宁 是啊。

(唱)宇宙有道,

　　　所以山川河流日月星辰自分明。

　　　人间有情,

　　　故此君臣父子儿女夫妻相依存。

　　　失道固是违天理,

　　　如无情,人与鸟兽有何分?

　　　虎毒尚且不食子,

　　　鸟儿知报反哺恩。

　　　鸟兽不懂人之道,

　　　可知亲情是天性。

　　　顺应天性是大道,

生为骨肉是天命。

大道天命难违背，

二哥啊，这情和理，你要细细来权衡。

李世民　（不由得也黯然）是，生为兄弟姊妹，这是命，谁也无法改变。（思忖，问太监）你可看清来者何人？

太　监　是尉迟恭大人和裴寂大人。

李世民　（低低地）裴寂！（回望李渊，决断地）柴绍！

柴　绍　殿下。

李世民　传我口令，裴寂假传王命，擅闯禁宫，意图不轨，着令尉迟恭将其拿下，就地斩首！

柴　绍　（大惊）殿下，这……是，柴绍领命。

〔柴绍下。

李秀宁　（欲阻拦）二哥！

李世民　（深深地看她一眼，上前跪下）父皇，

（唱）儿臣今日入宫来，

为求父皇恩泽开。

太子齐王罪虽重，

求父皇，念骨肉至亲多垂爱。

下圣旨，免大罪，

皇陵之中设灵牌。

〔太子妃、齐王妃喜出望外。李渊深感意外，一时间呆立不语。

〔柴绍上。

柴　绍　禀皇上，殿下，叛臣裴寂已被尉迟恭就地正法。

〔李秀宁掩面不忍听。

李世民　父皇，儿臣一片忠孝之心，望父皇明鉴。

李　渊　（手中剑落地，跌坐，欣然而又悲苦）儿啊，你有此心，朕甚欣慰，准你所请。

太子妃、齐王妃　（喜极而泣）多谢父皇开恩！

李　渊　还是去谢你们的妹妹吧。

太子妃、齐王妃　（向李秀宁跪下）多谢公主，大恩大德，永世不忘！

〔李秀宁赶快扶起二人。

李世民　父皇，儿臣告退。

李　渊　等等,(对李世民,叹)世民,当日朕给你取名,望你可济世安民。朕立建成为太子,乃是因他为长。而今建成既逝,朕便改立你为太子,(有些言不由衷,却又尽力掩饰)你当知这原是朕的夙愿!

李世民　(沉稳地,喜不外露)儿臣多谢父皇。

〔柴绍不由喜形于色,走到李秀宁身边,李秀宁仍然躲开了。

李　渊　你且去吧,朕稍后便下旨昭告天下。

李世民　是,儿臣告退。

太子妃、齐王妃　臣妾告退。

李　渊　唉,去吧,都去吧。

〔三人退下。李秀宁追出。

李秀宁　二哥。

李世民　秀宁还有何事?

李秀宁　(将剑奉上)二哥,此剑不祥,但仁者可降。秀宁今日将它赠与二哥,望二哥将其来历告之子孙后代,以此为鉴!

李世民　秀宁,这剑,二哥不收。

李秀宁　二哥?

李世民　(唱)秀宁啊,你一番苦心来相求,
　　　　　　二哥我,也定将真心来相酬。

李秀宁　秀宁的话,二哥明白就好。

李世民　(唱)秀宁之心太仁厚,
　　　　　　骨肉亲情暖心头。
　　　　　　伤心往事莫再提,
　　　　　　此剑交还秀宁手。
　　　　　　他日二哥违你愿,
　　　　　　拿此剑,先断亲情,再取二哥项上头!

李秀宁　(哽咽)二哥,我相信你! 二哥,我还有一事相求。

李世民　你说。

李秀宁　父皇他已经老了,二哥,……

李世民　(温和地)秀宁,你不用说了,二哥知道该怎么做。

〔李世民拍拍李秀宁的肩,下。

〔李秀宁望着李世民背影,百感交集,将剑挂好。

李　渊　秀宁,秀宁。

〔李秀宁返回,李渊拉着女儿的手,感慨万分。

李　渊　好女儿,朕,唉,朕真是多亏有你啊! 你和驸马都搬到宫里来
　　　　吧,朕好常常见你。

李秀宁　父皇,(跪下)父皇,请恕女儿不孝!

李　渊　好女儿,此话从何谈起?

李秀宁　女儿要拜别父皇了。

李　渊　(大惊)秀宁,你……

柴　绍　(也大惊)公主!

李秀宁　父皇,

　　　　(唱)玄武变,惊得我心寒胆颤,

　　　　　　痛定思痛忆从前。

　　　　　　霸业兴,天下定,

　　　　　　生灵涂炭谁来怜?

　　　　　　叹只叹,秀宁当年不知生死离别难,

　　　　　　也学儿郎挥宝剑,

　　　　　　宝剑下,多少兵士将命断,

　　　　　　多少人,生离死别哭声惨!

　　　　　　细思量,悔难当,

　　　　　　似百箭穿心痛难堪。

　　　　　　黄土白骨如尘烟,

　　　　　　秦汉宫阙谁可见?

　　　　　　乾坤浩荡几经年,

　　　　　　秋风一扫无留残。

　　　　　　父皇爹爹啊,男儿志高在江山,

　　　　　　我秀宁不将宫廷恋。

　　　　　　何忍见,为名利,夫妻相瞒,

　　　　　　何忍见,争权位,骨肉相残。

　　　　　　秀宁愿将这金山银海琉璃殿,

　　　　　　换作那茅屋外,小桥边,雪压梅梢映竹帘。

　　　　　　求爹爹,明我心,遂我愿,

　　　　　　且放女儿归故园。

千山万水为我伴，

素衣净面，青灯黄卷忏从前。

李　渊　（泪长流）女儿啊，女儿，你若去了，叫爹爹一个人，可如何是好啊？

柴　绍　（落泪）公主！

李秀宁　父皇，女儿去后，求您善待驸马，善待柴家，是女儿负了他！

柴　绍　公主，秀宁，我和你一起走！

李秀宁　（凄然）驸马，你是走不了的！你是离不开的！

柴　绍　秀宁，我好悔，我好恨啊！早知今日，我就不该……

李秀宁　（打断）驸马，我明白你的苦衷，我，我早已经不怪你了。

柴　绍　秀宁，你若不怪我，又怎会忍心离开？千错万错是我的错，秀宁，（跪下）求求你，不要离开我。

李秀宁　（扶他起来，泪下）驸马，若你我有缘，自然有重聚之日，你不要难过了，你这样，叫秀宁如何走得安心呢？

　　　　〔柴绍泣不成声。

李秀宁　（深深地拜别，泪下）爹爹，女儿去了，驸马，秀宁去了！

　　　　〔李秀宁一步一步地后退。

李　渊　（跟着）女儿，女儿啊！

柴　绍　秀宁！

　　　　〔李秀宁忍不住回头，三拜父亲，然后终于绝然离开。

李　渊　女儿！

柴　绍　秀宁！

　　　　〔幕后合唱：人去也，休断肠，

　　　　　　　　　　一别繁华清梦长。

　　　　　　　　　再不见，为名为利空自忙，

　　　　　　　　　却向那，青峰上，坐看千帆来又往。

——全剧终——

剧 本 阐 述

玄武门事变，是大唐立国初年一次惊心动魄的政治事件。在这次事变中，秦王李世民在玄武门前射杀了太子建成、齐王元吉，不久后受封太子，旋即受禅让登上皇位，是为唐太宗，开创了史称"贞观之治"的大唐盛世。

这段历史，曾是许多戏剧影视作品的题材来源，但本剧的重心，却不在描写这场宫廷惊变的过程，而是以玄武门事变为故事开端，描写事变之后，整个李氏家族所遭受到的情感上的巨大冲击。以李渊之女、李世民之妹平阳公主李秀宁为主角，细致地刻画了她在事变之后，如何以一颗破碎之心周旋于父兄之间，如何以诚挚之情去化解亲人间的隔阂与仇恨。

故事构思，源于古希腊名剧《安提戈涅》。但时代背景和人物关系、个性的不同，最终使得故事的发展，有完全不同的走向。

越剧小戏

空　蝉

胡　叠

（取材自《源氏物语》）

人　物　空　蝉　伊藤大人继室。袁派青衣。

　　　　源公子　皇子。尹派小生。

　　　　小　君　空蝉之弟。娃娃生。

〔伊藤家中,日式庭院。

〔空蝉独坐房中,寂寥地拨弄琴弦。

〔小君上。

小　君　姐姐,姐姐!

空　蝉　小君,怎的如此大呼小叫,让人看了,会笑话的!

小　君　呀姐姐,你还在这里弹琴,快跟我走吧。

空　蝉　去哪里?

小　君　姐姐还不知道啊,那位大大有名的小皇子源公子来了,正在前
　　　　厅和姐夫说话呢!

空　蝉　源公子?

小　君　是呀,听说这位源公子比天下所有的女孩子都还要漂亮呢!
　　　　姐姐,咱们偷偷去看一看吧。

空　蝉　小君!休得胡来,你,你,你,为何总是不听姐姐的话呢?
　　　　(唱)小君言行太无礼,
　　　　　　　为姐的教导你全忘记!
　　　　　　　可记得,自从双亲辞世去,
　　　　　　　姐弟度日苦相依。
　　　　　　　东借粮来西求衣,
　　　　　　　受尽了白眼与讽讥。
　　　　　　　姐姐我百般辛苦能忍受,
　　　　　　　不忍幼弟受寒饥。
　　　　　　　左思右想无他计,
　　　　　　　我含泪嫁入豪门里。
　　　　　　　谁料想,新婚夫君须发白,
　　　　　　　我双十年华无人惜。
　　　　　　　只盼弟弟早成人,明事理,承家业,立庙堂,
　　　　　　　莫负了姐姐的心意。
　　　　　　　你要知,少年时光最易逝,

　　　　　　　　小君啊,勤学苦读你休忘记。

小　君　（嘟着嘴）姐姐,小君知道了。不去就不去。那,那小君去读
　　　　　书了。

　　　　〔空蝉点点头,小君下。空蝉继续拨弄琴弦,半晌,琴声乱,停。
　　　　起,望窗外。

空　蝉　（唱）看窗外杨柳又青青,
　　　　　　　　不觉入门一年整。
　　　　　　　一年来,低眉顺目为新妇,
　　　　　　　温言细语侍夫君。
　　　　　　　虽说是,皓首夫婿怜红颜,
　　　　　　　但终究,浮生若梦意难平。
　　　　　　　望镜中,玉样容颜好青春,
　　　　　　　却只能,眼看风送花落尽,春恨深。

　　　　〔空蝉慢慢地步出房间,走入花园内。

空　蝉　夜渐渐地深了,望碧空如洗,天边一弯孤月,甚是凄凉。月儿
　　　　啊月儿,你独自在天上,没有依伴,可会觉得孤单?

　　　　〔望着星空,不由得痴了。

　　　　〔源公子手持折扇上。

源公子　（唱）久居深宫心烦乱,
　　　　　　　　今日暂离得悠闲。
　　　　伊藤大人家果与皇宫不同,眼见这庭院秀丽,花木丛饶,凉风
　　　　习习,虫声悠扬,别有一番情趣!

　　　　〔慢慢行来,不觉走到了空蝉身边,看见空蝉,不由站住,甚为
　　　　欣赏。

源公子　呀,好一幅美丽的画卷啊!
　　　　（唱）望天上,碧空一弯玲珑月,
　　　　　　　见庭下,花木寂寂蝉声歇。
　　　　　　　纤纤身影玉肩斜,
　　　　　　　黛眉轻蹙丁香结。
　　　　　　　丁香结,未知可是相思结?
　　　　　　　相思,可因良人轻离别?

空　蝉　（长叹,吟）烟笼深院花独眠,

　　　　　　云淡星远雁影单。

　　　　　　月缺人嗟叹,

　　　　　　只身何人怜?

源公子　若不为相思,那这眉间的轻愁,却是为何而来? 这孤单的身影,这温婉的声音,委实令人怜爱!

　　　　〔刚要走了过去。空蝉起,下。

　　　　〔源氏忍不住尾随而去。

　　　　〔空蝉回到房中。小君上。

小　君　姐姐,我正四下寻你呢。

空　蝉　寻我何事?

　　　　〔源氏立屋外倾听。

小　君　适才家里的女孩子都去前厅偷看去了,我,我也去了,那源氏公子果然风姿秀美,像是神仙下凡呢。

空　蝉　(淡淡地)是么?

源公子　呀,她竟如此冷淡?

小　君　我想,我想……

空　蝉　想什么?

小　君　我若说了,只怕姐姐会骂我!

空　蝉　我不骂你,你只管说来。

小　君　我想我的姐夫若不是个老……老头子,而是这样的人,便好了! 因为我的姐姐,也是神仙一般的人物呀。

源公子　这话说得好呀!

空　蝉　休得胡说。人若只是生得漂亮,有什么好? 做人,心好最重要。

源公子　此话倒也不错,但小姐,哦,不,伊藤夫人,你怎知我光源氏的心便不好呢?

小　君　但我的姐姐便是人好看,心也好。

空　蝉　(被逗笑,温柔地抱抱小君)夜深了,早些去歇息吧。

小　君　姐姐,姐夫今日又不回来吗?

空　蝉　是啊,你姐夫要修身养性,只怕从此,要在庙里常住了。

小　君　姐姐,四下无人,你一个人不怕吗?

源公子　小君无需担心,有光源氏在此相伴呢。

空　蝉　不怕,不怕,姐姐又不是小孩子了,去吧,歇息去吧。

　　　　〔小君下。

　　　　〔空蝉铺好被褥,准备休息。

源公子　咦? 世间女子,皆欲一睹我光源氏之风采,她竟毫不动心。

　　　　〔空蝉站起来走到窗前。

空　蝉　看天上,月轮皎洁如水,但未知那源公子是否真如月亮一般
　　　　好看?

源公子　我还道她真的心如磐石,却原来与世间女子一般无二。

空　蝉　小君适才言道,我,我与那源公子……小君啊,你怎知,源公子
　　　　这样的人物,便似天上月亮,只能仰望,无缘亲近。

源公子　(喜)不妨事的,光源氏这就来了!

　　　　〔源公子敲门。

空　蝉　(惊,唱)夜已深,人初静,

　　　　　　　　何人来此轻叩门?

源公子　(唱)夜已深,人未静,

　　　　　　　光源氏前来见夫人。

空　蝉　(大惊)源氏公子?!

源公子　正是在下。

空　蝉　(唱)源氏公子是贵宾,

　　　　　　　不应独自来后庭。

源公子　(唱)若非夫人相邀请,

　　　　　　　源氏怎会来后庭?

空　蝉　(唱)公子此言理不端,

　　　　　　　我何曾遣人将你请?

源公子　(唱)心有灵犀一点通,

　　　　　　　何须他人传音讯?

　　　　适才,夫人不是凭窗叹道,与我光源氏无缘亲近吗? 光源氏听
　　　　从召唤,这便来了,还望夫人开门一见呐!

空　蝉　(唱)听说门外是光源君,

　　　　　　　不由空蝉又是怕来又是惊。

源公子　夫人开门来呀。

空　蝉　(唱)他那里温言轻唤一声声,

　　　　唤起我心底涟漪一阵阵。
　　　　千思万想我也想不到，
　　　　　月中之人降凡尘。
　　　　有心开门把他见，
　　呀，不可，
　　　　　此身已非自由身。
　　公子，此乃妾身独居之处，多有不便，公子请回吧。

源公子　呀，她竟不开门。我且再试。啊，夫人呐，适才在下在花园之
　　　　内，见夫人独自赏月，其情可怜，其貌可爱，不由心生爱慕，故
　　　　此前来，还望夫人成全才好。

空　蝉　（又羞又喜）他，他已然见过我了。妾身蒲柳之姿，只怕公子看
　　　　错了。

源公子　钟情之人，岂会看错？钟情之人，岂能错过？

空　蝉　钟情之人，钟情之人……（不由痴了）
　　　　（唱）这般的言语只在书中见，
　　　　　何曾想今日有人对我言，
　　　　　情意绵绵谁不羡，
　　　　　一句话打动我心田。
　　　　　想当初，我也曾把此情来期盼，
　　　　　但愿得，少年夫妻恩爱缠绵似神仙美眷，
　　　　　谁料想，一朝家破美梦残，
　　　　　只落得，冷雨孤灯伴红颜。
　　〔不由得落泪心伤。

源公子　何以我说了半天，还是不开门呢？这夫人，果然是冰山一般的
　　　　冷淡！有趣，有趣！我且来逗她一逗。夫人，你若不开门，在
　　　　下这一番相思之情，难以自持，只怕要破门而入了！

空　蝉　（惊吓）不可，公子不可如此！

源公子　（暗笑）如此，夫人啊，请开门！

空　蝉　（待要开门，停下）呀，慢，
　　　　（唱）他相思两字说来易，
　　　　　我此门若开再关难。
　　　　公子，我乃已嫁之人，身份已定，还望体谅，请公子离去吧。

源公子　（不由赞道）好一个端庄自持的女子呀！果然不辜负这一副好容貌。夫人呐，你我无意间相逢，乃是宿缘，在下诚意相求，只望一见以慰相思，别无他意。

空　蝉　此时夜深人静……

源公子　夜深人静，无人惊扰。相见之事，决不说与他人知晓，夫人呐……

　　　　（唱）良辰美景难再现，

　　　　　　　但求一见续前缘。

空　蝉　（待要开门，停下）不，还是不可。

　　　　（唱）源氏之名传四方，

　　　　　　　美少年光彩似骄阳。

　　　　　　　有多少女子对他倾心往，

　　　　　　　有多少女子为他把神伤。

　　　　　　　有多少女子把他痴痴想，

　　　　　　　有多少女子因他痛断肠。

　　　　　　空蝉呀空蝉，

　　　　　　　你纵然自负美若花一样，

　　　　　　　但应知蝶恋百花情难长。

　　　　　　　他是风流儿一朝离去短暂情缘不再放心上，

　　　　　　　你莫非要将三分情意七分相思系于他身上？

　　　　　　　常言道，无情不似多情苦，

　　　　　　　我为何要让古井之水翻波浪？

　　　　　　　虽说是，乐莫乐兮新相知，

　　　　　　　又怎知，生别离，更是断人肠。

　　　　　　　一朝离别断人肠，

　　　　　　　漫长余生，青灯一盏，无边寂寞如何挡？

　　　　　　罢罢罢，

　　　　　　　收拾起，心猿意马万种思量，

　　　　　　　从此后，静心养性不作他想。

源公子　夫人！

空　蝉　多谢公子垂爱，空蝉这里深深拜谢了！怎奈身份有别，夜深人静，多有不便，公子请回吧。

源公子 （不敢相信，微怒）你，你，你这人好不解风情！

空　蝉 （突然悲从中来）公子，（哽咽）空蝉无意冒犯，却自知身份卑微，难承公子盛情，还望公子怜惜，放过了空蝉吧。（失声而哭）

源公子 （愕然）夫人，（哀怜地）既然你我无缘，在下也不强求，夫人莫要伤心了，是光源氏无礼。告辞。

　　〔源公子一边走，一边回望，颇有几分不舍。空蝉在屋里听着源公子离去，忍不住走到门边，轻轻地开了一条缝，往外望去。正好源公子回首望，两人目光对视，不由得痴了。源公子一步步又走了回去。行至阶前，空蝉突然惊醒，将门合上。

空　蝉 （语音颤抖）公子，请回吧。

源公子 （长叹一声，将手中折扇放在地上）夫人，你既执意不肯，相见恨晚。怕只怕，光源氏此去，这相思的病却是害定了。

　　〔源公子转身离去。

　　〔空蝉走出房来，几番犹豫，还是拾起了折扇，望着源公子离去的方向，将折扇紧紧握在胸前。

　　〔幕后合唱：相思长，韶光短，
　　　　　　　　相见容易别后难，
　　　　　　　　且将愁怀锁心间。
　　　　　　　　世间情债最难还。

——全剧终——

六场京剧

念去去千里烟波

胡　叠

人　物　高定邦　状元公。余杨派须生。

　　　　高秦氏　高定邦之妻。梅派青衣。

　　　　秦子虚　高秦氏之弟。须生。

　　　　高文忠　高定邦之子。小生。

　　　　题　香　名妓。花旦。

时代背景　中国古代某朝,除盛唐之外的任意一段。

第一出

〔高府。

〔两家丁上。

家丁甲　大喜事！天大的喜事啊！

家丁乙　可不是吗,听说咱家老爷中状元啦！

家丁甲　咱们得赶紧禀报夫人去！

家丁乙　走走走。

〔家丁走圆场,入府。

家　丁　恭喜老爷夫人,贺喜老爷夫人啦！

高秦氏　(内)喜从何来？

家　丁　禀夫人,咱家老爷中状元啦！

高秦氏　(内)怎么讲？

家　丁　禀夫人,咱家老爷中状元啦！

高秦氏　(内)呀！果然是大喜事,春梅,取了银钱赏了下去。

春　梅　(内)是。你们随我来呀！

家　丁　多谢夫人！

〔家丁下。

〔高秦氏出。

高秦氏　官人终于高中了！

　　　　(唱)只听得喜报声声入府堂,

　　　　　　　官人他不负我望登金榜！

　　　　　　　又听见鹊鸟欢叫枝头上,

　　　　　　　不由我眉开眼笑心欢畅。

官人呐官人,

可叹我秦氏女富贵未享,

十年来相伴你苦读寒窗。

到如今苦尽甘来见朝阳,

盼来了这一天凤冠霞帔好风光。

〔官差敲锣打鼓从台前过:"恭喜高老爷中状元啦! 恭喜高老爷中状元啦!"

高秦氏 (唱)耳边厢又听得锣鼓喧天,

原来是喜报送到了门前。

忙把小春梅一声声来喊……

春 梅 (上)夫人唤我何事?

高秦氏 (唱)快些把老爷他请至堂前!

春 梅 夫人,我适才上上下下寻了个遍,哪儿也不见老爷!

高秦氏 呀,这大喜的日子,他到哪里去了? 竟然未曾告诉我,真是愈发地不知自己的身份了! 春梅,去唤你家小东人出来,随我去接喜报!

春 梅 是。(下)

〔高秦氏对镜顾盼。

高秦氏 (唱)对镜整装迎喜报,

菱花镜里容颜好。

胭脂淡,蛾眉轻扫祥云罩,

果然是,状元夫人端庄貌。

想当初,千金女婚配寒窑,

多少人,都道我凤落鸡巢。

多亏了,老父亲慧眼识金鳌,

秦氏女,得意日便是今朝。

春 梅 (内)有请夫人。

〔高秦氏快走两步,顿,拿好姿态,缓缓下。

〔家丁甲、乙上。

家丁甲 奇怪了,咱大老爷跑哪儿去了呢?

家丁乙 是啊,老爷他不在东园联诗,不在西园读书,也不在南园品茗呀!

家丁甲　这东西南,北呢?

家丁乙　北园啊,那是听小曲儿的地方,咱老爷不是向来不去吗?

家丁甲　嘿嘿,不去,那是家里夫人(四下看看,低声)她管得紧,老爷口
　　　　袋里没钱。如今可不同了,老爷中状元了,眼见得就要做官
　　　　了。哪个官老爷不去北园花花银子?
　　　　再说了,老爷偷偷去,咱们做下人的,又哪里知道呢?

家丁乙　说得也是,走,咱们看看去。
　　　　〔家丁走圆场。

家丁甲　说话间北园这就到了。

家丁乙　我们上前问问去。

家　丁　门上有请了。
　　　　〔看门人出。

家丁甲　请问门上,我家高老爷可在园中?

看门人　高老爷?谁啊?这儿姓高的不少,老爷更多!

家丁乙　咱们老爷啊,满腹经纶,一表人才,一看就是个有福之人!

看门人　有福之人?呵呵,来这北园使银子的,哪位不是有福之人呢?

家丁甲　(掏钱)老哥,咱们这位高老爷啊,还真是仪表堂堂,只是,这衣
　　　　服嘛,老穿得有点,有点穷酸样!

看门人　哦,您说的这位高老爷啊,在,在呢,一大早就来了。两位,跟
　　　　我来吧。
　　　　〔家丁和看门人下。
　　　　〔题香和丫鬟金锁上。

金　锁　小姐,这位高老爷好古怪呀。

题　香　哪里古怪了?

金　锁　别的老爷来北园秀阁,哪位不想来和小姐说说话,只有这位高
　　　　老爷,进门就盯着咱们墙上的画儿看,十足书呆子。

题　香　读书人爱画,也是理所当然。

金　锁　可是小姐,我去打听过了,这位高老爷琴棋书画,只有一件不
　　　　通,便是这画。听他府上丫鬟说,十年来从未见过老爷提笔作
　　　　过画。

题　香　如此说来,倒真是奇怪了。你呀,好奇心也忒重了。
　　　　〔高定邦上,手里拿着把纨扇,边走边看,摇头晃脑地非常

沉醉。

高定邦　(吟)新裂齐纨素,鲜洁如霜雪。

　　　　　　裁为合欢扇,团团似明月。

　　　　这小小的纨扇上,

　　　　(吟)也可为细雨鱼儿出,微风燕子斜,

　　　　　　也可为落日照大旗,狂沙卷归马。

　　　　哎呀,妙哉,妙哉呀!

金　锁　小姐呀,那个傻乎乎的高老爷,他来了。

题　香　金锁休得胡言乱语。高老爷万福。

高定邦　(恍然未觉)梅竹未必雅,仕女未必俗。是了,是这个道理。

题　香　(略微提高嗓门)高老爷万福!

高定邦　(惊一跳)呀!哦,在下还礼了!这位小娘子是?

　　　　〔题香和金锁惊诧地对望一下。

题　香　高老爷不认得题香?

高定邦　这,小娘子看似有些儿面熟,有些儿面熟。

金　锁　高老爷,您手上这个扇儿,我看着也有点面熟呢,好像是我家
　　　　小姐的。

高定邦　(尴尬)哦,这个,这个,是在下在花园拾得的,这就交还小姐。

金　锁　我记得适才弹琴之时,我家小姐亲手将扇儿放在桌边,怎么一
　　　　转眼,就自己跑到花园来了?

高定邦　这个,这个,果然奇怪呀,果然奇怪!

题　香　金锁,你今日话讲得多了些。

看门人　(内)高老爷,高老爷,府上有人来请了。

高定邦　(慌乱)啊,府上来人了,糟糕了,糟糕了。(四下寻看)

金　锁　高老爷,你找什么呀?

高定邦　我寻个地方躲起来。

金　锁　(捂嘴笑)为啥要躲起来呢?

高定邦　这个,这个……就是要躲!

题　香　高老爷,他们既寻来了,便是躲,也躲不掉的呀!

高定邦　(泄气)也是,罢罢罢,我就随他们回去吧。

　　　　〔高定邦垂头丧气地下。

　　　　〔题香望着高定邦背影,愕然。

题　香　可真是位奇怪的人！

金　锁　(笑)不奇怪不奇怪，小姐，高老爷他，怕老婆可是出了名的。

题　香　不说他了。金锁，他，那人来了没有？

金　锁　小姐，您说的他，是高老爷吗？

题　香　不是！

金　锁　那是谁呀？

题　香　金锁！

金　锁　(笑)小姐，随我来呀。

　　　　〔题香和金锁下。

第二出

　　　　〔高府张灯结彩。

　　　　〔背景声：酒席间的喧哗声、寒暄声、高秦氏的声音。

　　　　〔高定邦上，不停往后看，见无人跟来，松口气。

高定邦　呀，这喝酒应酬，足足比做十篇文章还累呀。

　　　　(唱)看堂前高朋满座贺喜来，

　　　　　　我却是恍恍惚置身事外。

　　　　　　叹只叹平日里素无往来，

　　　　　　却为何到今朝殷勤相待？

　　　　　　这殷勤非为我只为这锦绣冠带，

　　　　　　叫定邦如何能笑逐颜开？

　　　　　　不觉中又到了书房里来，

　　　　　　哎，无论怎样恨，怎样怨，

　　　　　　这书房才是我容身之所在！

　　　　〔高定邦顺手拿起一本书，翻，看不下去，扔掉。再拿一本，
　　　　扔掉。

高定邦　(吟诵)自天子以至于庶人，壹是皆以修身为本。哎，《大学》、
　　　　《中庸》、《论语》、《春秋》，若只是为修身而读，便也好呀。如
　　　　今却只是读读读，读不求甚解；背背背，背圣人教训；考考考，
　　　　考功名前程；写写写，写官样文章。(越说越懊恼，站起来，将
　　　　书卷推落地下)如今背也背会了，考也考上了，还留着它来有

　　　　甚用?! 来人!

　　　　〔家丁上。

家　丁　老爷。

高定邦　把这些书都给我送去厨房当柴火烧了,烧了!

家　丁　(吓了一跳)哎呀老爷,这些可都是您的书呀!

高定邦　快,都拿走,扔出去。

家　丁　这,这得问问夫人吧。

高定邦　此等小事,也须问过夫人,你这势利的奴才,你你,你去还是
　　　　不去?

　　　　〔高秦氏上。

高秦氏　老爷莫不是喝多了些,这般生气,所为何来?(示意家丁下)

高定邦　(见高秦氏,嗓门立刻降低了)生气,我我我,我哪有生气呢?

　　　　〔高秦氏蹲下将书一本本地捡起来。高定邦只得跟着捡。

　　　　〔高秦氏将书卷拍干净,整齐地放好。

高定邦　(嗫嚅地)夫人,我……

高秦氏　我说老爷,如今你身份不同往日,须得要有个做官的样子。

高定邦　我知道了。

高秦氏　你素来不善交际,日后官场里你来我往,只会多,不会少,你要
　　　　早些学会才好。

高定邦　我晓得。

高秦氏　老爷,你果真晓得了?

高定邦　果真晓得了。

高秦氏　如此,我便放心了。老爷,我看你精神不振,已经向众人告罪,
　　　　说你身体抱恙,不用去陪客了。

高定邦　(意外)啊,多谢夫人了。

高秦氏　老爷,如今你虽中了状元,但还未授官,你还需再小心些,再用
　　　　心些。明日卢大人要请你过府赴宴,你,要好自为之,行为举
　　　　止,莫失了身份。

　　　　〔高秦氏下。

高定邦　还需再小心些,再用心些……(心情沉重地走到窗边,推开窗
　　　　户)

　　　　〔月光倾泻一地。

高定邦 （仰望天空,慢慢地平静下来）无论尘世如何喧嚣变幻,月儿还是这般悄静无声。

（唱）望天上月轮孤高,

　　　　悄无声银汉迢迢。

　　　　照见这世间多少儿曹,

　　　　苦读书为觅青云道。

　　　　书桌前摧折了英雄腰,

　　　　文章里浑不觉青衫老。

　　　　辜负了夜空浩渺,

　　　　这般的清净良宵;

　　　　看不到星月朗照,

　　　　如此地自在逍遥。

月光,月光,呀,若要将这无形之月光画于有形之纸上,又该如何呢? 花间啸月,竹里吟风。风过竹动,犹自画得出,这月光如何画得出来呀?

〔高定邦走出门来,仰头望月,手里不停地比划着,下。

第三出

〔秦子虚与老船夫上。

秦子虚 在下秦子虚,前日接到姐姐书信,言道姐夫已经高中,要我前去贺喜。（四顾）呀,只顾在房内读书,不觉已是春暖花开,船家且慢慢行来,

（唱）一路行来将春色览,

　　　　但见新水绿如蓝。

　　　　柳叶微风散晴岚,

　　　　风景分明胜江南。

　　　　待来日秦子虚蟾宫折桂,

　　　　定要来赏玩遍万水千山。

老船夫 客官可是去往新科状元高老爷的府上?

秦子虚 啊呀,老人家你如何晓得?

老船夫 想高老爷中状元没几日,皇上又点了高老爷为翰林,这十里八

乡的,不知道有多少人前去贺喜,前去拜访。小老儿我呀,就载了不少客官。

秦子虚　世上尽是趋炎附势之徒!

老船夫　客官这话就不对了。看您也是读书人,您读书可不就望着金榜题名? 金榜题名为啥? 不就为出人头地? 出人头地为啥? 不就为有人来趋炎附势吗?

秦子虚　一派胡言,不过,似也有几分歪理。

老船夫　这位客官,我看您挺和气的,来,我告诉您一件事儿,您可别说出去。

秦子虚　何事?

老船夫　我听说这位高老爷高中后没几天,人就不见了。

秦子虚　(大惊)休得胡说,哪有这样的事?

老船夫　客官可别不相信,这几日从高府回来的人都说,去高府只见到夫人,没见到老爷。

秦子虚　有这等事?

老船夫　(神秘地)有人说呀,这高老爷和北园的一个姑娘跑了。

秦子虚　(震惊)打嘴!

老船夫　呀客官您可千万别生气,小老儿只是听来的,喏,靠岸了,客官您请吧。

〔老船夫下。

秦子虚　竟有这样的谣传? 姐姐信中并未提及,可见未必是真。

〔秦子虚走圆场,叩门。

家丁甲　(开门)哎呀舅老爷来了,夫人早等着您呢,舅老爷请。

〔秦子虚随家丁下。

〔高秦氏上。

高秦氏　(唱)闻禀报说是小弟已来到,
　　　　　不由我满心烦恼暂且消。
　　　　　他只道我送信把喜来报,
　　　　　哪知是天大祸事无从开销。
　　　　　可怜我持家辛勤无昏晓,
　　　　　全不知何时种下这祸根苗。

〔秦子虚上。

秦子虚　小弟见过姐姐。

高秦氏　子虚,你,你可算来了。(扑过去,泣下)

秦子虚　姐姐这是? 莫非外间传言皆是真的? 我那姐夫他,他,他……

高秦氏　(哽咽)是真的。如今我只说你姐夫病了要静养,暂且掩人耳目。

秦子虚　姐夫何时离家的?

高秦氏　便是喜报送来的第三日。那一日,他一早出门,穿戴与平日一般无二,不料到了晚上都不见回来,四下去找,无人得见。算起来,已有七日了。

秦子虚　姐夫新中状元,正春风得意,何以出走啊? 莫不是为强人胁掠去了?

高秦氏　非也。我在书房内,看到他留下来的一封书信。

秦子虚　信中讲些什么?

高秦氏　(唱)他说道,与我结缔十余春,
　　　　　　　十余春,朝夕相对似路人。
　　　　　　　求得功名还我情,
　　　　　　　一出此门无归程。

秦子虚　(震惊)这是什么话呀?

高秦氏　(唱)这封信,直看得我心发冷,
　　　　　　　一时间,昏天黑地站不稳。
　　　　　　　可怜我,相待他何等殷勤,
　　　　　　　只落得,他这句夫妻路人。
　　　　　　　到底是哪里错何处不该应,
　　　　　　　才让他一去烟尘渺无凭?
　　　　　　　就算是我有错容我自省,
　　　　　　　也不该抛下娇儿太无情。
　　　　　　　只留下十亩薄田百两金,
　　　　　　　叫妻儿们如何苦度余生!

秦子虚　姐姐先莫伤悲,说正事要紧。

高秦氏　子虚,我打听过了,北园有位叫题香的姑娘,前些天赎身走了。

秦子虚　北园是什么所在? 莫不是烟花之地? 那这题香,岂非是青楼女子?

高秦氏	正是。听说是位衣着寒酸的秀才替她赎了身。世间之事岂能如此巧合？
秦子虚	姐姐，家中银钱不是一向由你掌管么？姐夫哪有银子替人赎身？
高秦氏	家中向不宽裕，你姐夫亦不理俗务，我也在想，他几时攒下的这一大笔银子？
秦子虚	姐夫一向清高，沉默寡言，懒于应酬，此事怕是谣传。
高秦氏	你说的也是。那，那，那他到底去哪里了呢？

〔高家姐弟相对无言，高秦氏忍不住落泪。

〔春梅上。

春　梅	禀告夫人，门外有人前来送信。
高秦氏	送信？信呢？拿进来。

〔春梅推门入，将信呈上。

〔高秦氏看信封，惊起，手颤抖，取出信纸，眩晕状。秦子虚赶紧上前扶住。

高秦氏	（定定神）送信来的人呢？走了吗？
春　梅	人没有走，我让他在门房吃茶候着呢，就怕夫人要问他话来。
高秦氏	好丫头，快，快去叫他来。哦，不，不，春梅，你将他带到一旁，好好问问，这封信是受何人所托，托他之人，住在哪里，不妨多给银子，务必问个清楚。
春　梅	春梅晓得，夫人放心！

〔春梅下。

秦子虚	莫非这信……
高秦氏	是他写的。
秦子虚	写些什么？
高秦氏	这是一封乞休书！
秦子虚	乞休书?!
高秦氏	一封称病无法上京赴翰林任的乞休书。看来，他，他是铁了心了，官也不做了，妻儿也不要了！

〔春梅上。

春　梅	夫人。
高秦氏	可曾问出些什么？

春　梅　他说他是打六十里外的上京而来,这书信么,是一位小娘子让
　　　　他送来的。

高秦氏　一位小娘子?

春　梅　是呀,是一位小娘子。

高秦氏　小娘子!（跌坐）

秦子虚　他可知那位小娘子住在上京哪里?

春　梅　说是在状元客栈。

秦子虚　春梅你先下去。

　　　　〔春梅下。

高秦氏　（惨笑）状元客栈? 他连状元也不做了,还住什么状元客
　　　　栈呢?!

秦子虚　（唱）看起来那传言果然是真,
　　　　　　　　这书呆子竟做了负心的人!

高秦氏　（唱）夫妻们相伴十余春,
　　　　　　　　他一朝抛舍心好狠!

秦子虚　（唱）劝姐姐休落泪且收悲声,
　　　　　　　　此事要细谋算早做决定。

高秦氏　（唱）官人他平日里敦厚和顺,
　　　　　　　　又怎会突然间如此无情?
　　　　　　　　莫不是为美色迷失本性?
　　　　　　　　又或是另有蹊跷未说明?
　　　　　　子虚啊,
　　　　　　　　求弟弟替为姐去往上京,
　　　　　　　　我要那冤家将来龙去脉与我说个分明!

秦子虚　（唱）小弟理应为姐分忧解困,
　　　　　　　　我这就打马前往上京!

高秦氏　有劳弟弟了!

秦子虚　（唱）见姐夫小弟当如何动问?

高秦氏　（唱）你只管将那往事细细说与他听。
　　　　　　　　说是那苏妲己惑君王将社稷来倾,
　　　　　　　　吴王为西施做了亡国孤魂。
　　　　　　　　貂蝉害董卓、吕布尸首两分,

这都是美人祸水要引为教训！

秦子虚　哦，小弟知道了，告辞！

高秦氏　你且回来。

秦子虚　还有何吩咐？

高秦氏　（唱）你，你，你还可对他应承，

　　　　　就说我，我，我愿迎那小娘子进家门。

秦子虚　啊？哦，晓得了。

高秦氏　来来来，我为你装上些盘缠，这一去，你可要早些回来。

〔两人下。

第四出

〔秦子虚上。

秦子虚　（唱）秦子虚快马加鞭把路赶，

　　　　　顾不上春色漫卷杨柳岸。

　　　　　一路上满心疑云难舒展，

　　　　　此事来得太突然。

　　　　　想姐夫，一介书生性高远，

　　　　　他何曾把花枝来浪攀？

　　　　　读文章尽是经书圣人篇，

　　　　　下笔来写些忠孝节义全。

　　　　　三十年有多少辛酸受多少风寒？

　　　　　好容易金榜题名富贵在眼前，

　　　　　他怎会天改地换一瞬间，

　　　　　与妻儿离散，让功名纸上闲？

　　　　　心急急只怪这上京路远，

　　　　　直催得座下马骓蹄奔绽！

（下马）上京到了！我且寻个人问问，状元客栈在哪里？哼哼，想来是个阔气的所在，姐夫啊姐夫，你倒学会享福了。

〔秦子虚下。

〔高定邦上。

高定邦　（唱）兴冲冲买回了丹青画卷，

行半路才发觉又饥又寒。

都说是这春色已暖人间，

却为何风吹得我脚下发颤？

放眼望不见半个熟人面，

这一餐不知向何处寻见？

〔题香上。

题　香　高先生,高先生。

高定邦　哦,是题香,哦,不,不,不,是宋家娘子啊!

题　香　先生莫与我这般客气,题香有今日,多蒙先生援手。

高定邦　哎,些许小事,不提也罢。

题　香　先生,你这手里拿的是丹青么? 先生还在习画么?

高定邦　是呀,是呀。

题　香　先生,我还要给夫君送饭去,题香先告辞了。先生走好!

高定邦　好,好,慢行。

〔题香下。

高定邦　哎,送饭,送饭! 若真有诚意致谢,何不分些儿给我,也好充饥!

〔题香上。

题　香　高先生,适才忘了一件事。(从篮子里取出一个碗)这是题香做的馒头,请先生尝尝吧!

高定邦　(喜出望外)啊馒头! 好好,在下就不客气了。(一把接过来,拿起馒头往嘴里塞,突觉不好意思)这,这,多谢了!

题　香　(笑)先生客气了。

〔题香下。

〔高定邦四处看看,找个墙角蹲下,开始吃起馒头来了。

〔秦子虚上。

秦子虚　怪哉,我原以为状元客栈当居于闹市繁华之处,却为何竟在这城郊僻静之地呢? 那边有人,我且去问问。(走过去)这位老哥有礼了,请问……

高定邦　(抬起头来)有何事?

〔两人相见,都呆住了。高定邦赶紧站起来,秦子虚打量着高定邦,看得高定邦莫名其妙。

高定邦	（尴尬地）内弟,你这是?
秦子虚	姐夫,你适才蹲在地上做什么?
高定邦	（坦然地）吃馒头呀! 哦,这里还有一个,给你吧。
秦子虚	（接过来看,满心疑惑）你在吃这个?
高定邦	是呀,还是热的呢,赶紧吃吧。
秦子虚	你果真住在状元客栈?
高定邦	对呀,状元客栈,喏,就在那边。
秦子虚	（看过去,大惊）那就是状元客栈?
	（唱）这哪是一间客栈?
	分明是野庙破残!
高定邦	（唱）客栈只为侧身眠,
	有瓦遮雨保平安。
秦子虚	（唱）你果真住在这状元客栈?
高定邦	（唱）若不信内弟你随我来看。
	〔高定邦拉秦子虚去往客栈,走圆场。进店。
	〔客栈店小二上。
店小二	高先生等等。
高定邦	哦,是小二哥啊,小二哥有何事?
店小二	（居高临下地）高先生,您出门那会我可提醒过您了,您的店钱只够住到昨天。我这儿小本经营,可不是慈善机构!
高定邦	哦,这个,这个,我今日忘记了,明日一定把钱给您。
秦子虚	（问店小二）你这店几个钱一天?
店小二	（打量秦子虚,背躬）哟,这位看上去穿得光鲜,没准儿是有钱人呢,这穷小子还真有朋友运呢。（赔笑）这位爷,小店不贵,一天十文钱。
秦子虚	（睁大了眼）十文钱? 姐夫,你连十文钱都没有了?
高定邦	暂时没有了。一会儿出去把这个（取出玉佩）当了,便有钱了。
秦子虚	（拿来一看,火）这是我姐与你文定之物,你要当了去?
高定邦	（苦笑）身无长物,也是无奈。
秦子虚	（长叹一口气,取出一锭银子扔给小二）拿着。你这不开眼的,不知道眼前这位是翰林老爷。
店小二	（拿过银子,送到嘴里咬咬,大喜,听秦子虚说,又撇撇嘴）还翰

　　　　林老爷呢！不过您说是,他就是。小人给翰林老爷请安了。

秦子虚　（把马鞭给店小二）与我仔细看好了。

店小二　爷,您放心啦。

　　　　〔店小二牵马下。

　　　　〔两人进屋。

秦子虚　（四下打量）你竟然住在这种地方?

　　　　（唱）但只见狭小屋一间,

　　　　　　　窗棂纸破风里悬。

　　　　　　　木床木桌好破残,

　　　　　　　梁上蛛丝把网牵,

　　　　　　　这凄凉景象何曾见?

　　　　　　　不由人摇头暗自叹。

　　　　姐夫,你就住在这里?

高定邦　不错。（把手里东西放下,准备给秦子虚倒茶,提壶却发现是空的,苦笑）内弟,你看我这里,连热水也无有,你只好忍耐一二了。（坐下来接着吃馒头）

秦子虚　（忍不住把他的馒头抢过来,放下,叹口气）走吧,出去我请你吃饭。这里,我是半刻也呆不下了。

高定邦　这里,还好吧。出去吃饭,也好,也好。（站起来整整帽子）走吧。

　　　　〔两人下。

第五出

　　　　〔内。

　　　　〔酒楼小二:"两位客官里面请啦。"

　　　　〔秦子虚:"小二,把你们上好的酒菜只管送上来。"

　　　　〔酒楼小二:"得了,知道了,客官请楼上坐,酒菜这就上来。"

　　　　〔秦子虚和高定邦上。

秦子虚　姐夫坐。

高定邦　坐,坐。

秦子虚　（唱）问姐夫你为何如此境况?

莫不是随身钱财被人骗光?

高定邦　(唱)出门来只带得少许行囊,
　　　　　　我只得居破店暂将身藏。

秦子虚　(唱)你看你衣衫不整落魄样,
　　　　　　为何要离家来受此凄凉?

高定邦　(唱)离家来方发现天地宽广,
　　　　　　少衣食并不觉有何凄凉。

秦子虚　(唱)有娇妻牵挂你珠泪千行,

高定邦　(唱)有田粮足够她半生安康。

秦子虚　(唱)还有那小娇儿把爹念想,

高定邦　(唱)有娘亲会将他好生抚养。

秦子虚　(唱)姐姐她可曾言行失主张?

高定邦　(唱)妻贤子孝我无有话讲。

秦子虚　(唱)却为何抛妻弃子离家乡?

高定邦　(唱)只为了自由自在不装模作样!

秦子虚　(唱)但不知何所谓装模作样?

高定邦　(唱)成日里读圣贤为功名奔忙。

秦子虚　(唱)读圣贤求功名岂非理应当?

高定邦　(唱)违本性三十年我过得荒唐!

秦子虚　你你你,你竟然说过得荒唐?

高定邦　正是,过得荒唐。

　　　　〔小二上菜。

高定邦　(斟酒自饮)好酒!(吃菜)好菜!

秦子虚　哈,好酒,好菜!好喝么?好吃么?

高定邦　好喝!好吃!

秦子虚　(一手按住酒壶,一手抓住高定邦拿筷子的手)你既要这自由,
　　　　便喝不得这好酒,吃不得这好菜了!

高定邦　(索性放下筷子)那我不喝便是,不吃便是!

秦子虚　果真不喝?果真不吃?

高定邦　(淡淡地)酒肉也罢,糠黍也罢,无非果腹之物。有也罢,无
　　　　也罢。

秦子虚　既是如此,我便不留你了,请。

〔高定邦看看秦子虚，不说话，起身便走。

秦子虚 （自语）呀，果然走了。姐夫留步！

高定邦 还有何事？

秦子虚 我赶你走，你不生气？

高定邦 是你掏银子请客，你若不想请了，客人自然只好走了。

秦子虚 （无奈）罢罢罢，姐夫回来，请坐，请坐，我与你斟酒。

高定邦 内弟你今日忒奇怪！

秦子虚 哈，还说我奇怪。姐夫，我来问你，你的小娘子呢？

高定邦 什么小娘子？

秦子虚 你为她赎身离家的小娘子，她为你送信来家的小娘子呀！

高定邦 （恍然）哦，你说她呀，她非我的小娘子也，实乃是宋公子家的小娘子！

秦子虚 （大惊）宋公子家的小娘子？！

高定邦 （吃菜）宋公子与题香两情相悦，宋家自持身份，不肯让题香进门，宋公子便托我替题香赎身，三人结伴来了上京。前日里，我要给你姐姐带封书信，正好题香也有书信，便替我一起送了。

秦子虚 你所言当真？

高定邦 当真！

秦子虚 （长叹）我也信你是真的。你原本就是个老实人。不过，姐夫，你究竟为何离家？我还是不明白。

高定邦 （吟，从袖里取出一张纸来递过去）我想作画。

秦子虚 （接过来看）画，你这是画的什么？

高定邦 （有些羞愧，拿回来）涂鸦而已，涂鸦而已。

秦子虚 若是真想作画，家里也可以呀！何以非得如此这般呢？

高定邦 （唱）叹一声，好内弟你不知端详，
　　　　且听我，将往事一一细讲。
　　　　自幼里，失双亲我无人照养，
　　　　幸喜得，你父亲时赠钱粮。
　　　　他道我，八字好印堂发亮，
　　　　长大后，定能够荣登朝堂。
　　　　因此上，我一心苦读不离书房，

　　　　　读四书读五经读得我不知日月长。

　　　　　内弟啊,你可还记得,

　　　　　那一日中解元我谢恩到府上,

　　　　　你父亲唤出了小姐云娘。

　　　　　他说道不嫌我无田无房,

　　　　　许婚姻愿赠送千金嫁妆。

　　　　　穷书生怎能有如此妄想?

　　　　　我百般婉拒却触怒堂上。

秦子虚　此事我还记得。当时母亲并不愿,是父亲执意如此。

高定邦　你姐姐她,也不情愿。

　　　　(唱)无奈何将婚配我空自彷徨,

　　　　　不知道这恩情如何报偿?

　　　　　洞房夜,委屈了千金新嫁娘,

　　　　　别高第,住进这破旧草房。

　　　　　新婚后夫妻们相对无有话讲,

　　　　　我读书她持家各自奔忙。

秦子虚　这样不是很好么?夫妻相守之道,本该如此。

高定邦　可怜你姐姐,未曾受过这样的苦,常常背人偷哭。我听了,也
　　　　不知该怎样劝,也不知该如何哄,只得继续把书翻,把文章
　　　　来写。

秦子虚　我也听母亲说起过,还颇为埋怨父亲。

高定邦　闲来我也想替人写些书信,赚些铜钱,你姐姐却说那是穷困书
　　　　生所为;我也曾想教些子弟,得些束修,你姐姐也看不上。她
　　　　叫我只管闭门读书,早得功名,自己变卖了嫁妆,置些田地,日
　　　　子这才好起来了。

秦子虚　我姐姐对你,委实不错!

高定邦　(苦笑)是呀,对我不错。我欠她的,实在太多。

秦子虚　(唱)即如此,你为何,将恩情全忘?

　　　　　离家乡,抛妻儿,你真不应当!

高定邦　(唱)为报恩,我也曾,费尽思量,

　　　　　为报恩,我只差,刺股悬梁。

　　　　　为报恩,我一心,把功名来望,

为报恩,我未曾,为自己来想。

三十载,不觉得春来秋往,

对明镜,方知华发染了秋霜。

好容易,蒙圣恩终登皇榜,

这喜讯,不为我只为云娘。

老岳丈已仙去墓前焚香,

这深恩小婿用功名补偿!

秦子虚 终于苦尽甘来,你就该好好珍惜才是呀。

高定邦 （唱）高定邦返回家静坐思量,

置身于书房内倍觉凄凉。

人只道我这昔日田舍郎,

交好运今朝荣登天子堂。

有谁知我常常暗咬牙桩,

恨不得一把火将书房烧光!

这书经这诗卷这无趣文章,

竟让我枯坐终日半生奔忙!

到如今空有功名做衣裳,

脱去这衣裳,哪有半分人模样?

无趣文章,半生奔忙,非人模样,

怎不叫人顿失生趣欲逐梦醉乡!

秦子虚 故此你便去北园听曲,过起了醉生梦死的日子?

高定邦 北园么,我早去了,从京城考试回来后便去了。

秦子虚 早去了?

高定邦 去北园只为求醉,并不曾贪恋温存。

秦子虚 这个我信。

高定邦 有一日,听说园里新来了位姑娘,色艺俱佳,我便也随着去了。

没想到一进到她的秀阁内,便被满墙的画卷吸引住了!

秦子虚 画卷?

高定邦 是啊,画卷!

（唱）但只见世间万物大好江山,

俱都写进了一纸小小画卷。

梅兰图,岁寒四友傲孤单,

山水图,溪谷草木笼霞烟。

垂钓图,云天开阔渔舟闲,

花鸟图,锦翎绣羽姿态妍。

仕女图,娇怯怯羞态聚眉间,

行军图,浩荡荡豪气冲霄汉。

便只觉胸中块垒被浇散,

一霎时神清气爽似神仙。

浮名与我无牵绊,

深陷画卷魂已断!

秦子虚　画者,养性怡情也。我也爱画,但何至于为之魂断?

高定邦　一花一世界,一叶一菩提。哎,你非我,焉知我之乐?

秦子虚　要画画,在家中也可,无需逃遁!

高定邦　可见你并不了解,你并不知道,一个欠债的,最怕见谁?

秦子虚　自然是债主。啊,你是说……

高定邦　(唱)你可知什么叫恩重如山?

　　　　恩重如山将我这脊梁压弯!

　　　　高府里桌椅板凳房屋良田,

　　　　哪一桩哪一件不是秦家钱?

　　　　将身儿在府里走上一圈,

　　　　只觉得是客居非我家园。

　　　　见夫人如见债主,

　　　　见债主我腿儿软,气儿短,头低到了胸前。

　　　　夜深惆怅依栏杆,

　　　　问这累累恩情我如何还?

秦子虚　你所言甚是夸张,夫妻之间,何至于此?

高定邦　(笑,站起来)你可知我爱什么颜色的袍子?

秦子虚　(一怔,看看他,回忆一下)我记得平日见你所穿,似是枣红居多。

高定邦　正是。而我,只喜欢这一袭青衫。自你姐姐进门后,便不许我穿了,言道,青衫白丁,不吉利,不喜庆。

秦子虚　这,也算不得什么。

高定邦　你不妨回去问问你那姐姐,问她可知我爱喝什么茶?吃什么菜？读谁的诗句？听谁的乐章？她可知我怕寒不畏热？她可知我闲来独坐后花园，都在想些什么？她可知我夜里读书，常觉得孤单？我的一切，她可知道一星半点？

秦子虚　这，这，这……

高定邦　她不知道。她所知的，只是功名，功名，功名！我便是功名，功名便是我。我的一生，便卖给这功名了！

秦子虚　（沉默了，给高定邦斟酒）再喝些吧。

高定邦　（唱）中状元还清债毕生理想，

　　　　　那一刻只觉得神清气爽。

　　　　　出门来仰天笑我好欢畅，

　　　　　从此后这身形由我主掌！

　　　　　再不为紫泥封做官样文章，

　　　　　再不会为报恩苦读寒窗。

　　　　　闲来我听一曲濯缨沧浪，

　　　　　曲声中前尘往事都尽忘。

　　　　　从此后江山入胸襟我画笔奔忙，

　　　　　对南山性转狂，地久天长。

秦子虚　竟是这样。

高定邦　是啊，从家中出来后，我真有闲心了。从此以后，这大把的光阴，便是我自己的了。高定邦啊高定邦，你枉活了几十载，竟不知活着的滋味，原来是这样的好啊！哈哈哈，哈哈哈！（不觉笑出了眼泪来）

　　　　〔秦子虚看着他，半晌无言。

高定邦　内弟，你来得好，说出了这番话，我心里好痛快！（满饮，再斟，再饮）

秦子虚　（猛然想起，按住他的酒杯）但我那外甥未满十岁，你怎走得安心？

高定邦　我那孩儿，别看他小小年纪，行事说话，无不循规蹈矩，让他母亲十分称心。你且放心，这孩子无需我教，日后必定会为他娘讨一个诰命！

秦子虚　如此说来，姐夫你是铁了心不回头了？

高定邦　子虚啊内弟，若是你，你肯回去吗？

秦子虚　可是你，你看你这样子，只怕不几日便会饿死街头！

高定邦　无妨，无妨。我自有法子，贫穷么，我早就捱过，不怕，不怕。（醉意起，伏倒在桌上，兀自说话）不怕，我不怕。

秦子虚　（呆呆地看着高定邦）姐夫，你醉了，我送你回客栈去吧。

〔秦子虚扶起高定邦，两人下酒楼。走圆场。回到客栈。秦子虚将高定邦扶进去，让他躺下。秦子虚再四下观看，这才注意到放在书桌下的一大堆画纸。取出来看。

秦子虚　呀！这都是他画的么？涂鸦之作！（看一张扔一张，再扔，突然间停了下来）不，不，不，这画虽笔法生涩，但却生趣盎然！（怔怔地）姐夫他果真于画中寻到了自在快乐，他果真是不会回去了！

〔秦子虚掏出钱袋，放在高定邦衣襟里。

秦子虚　姐夫，你要珍重，小弟告辞了。（下）

〔高定邦朦胧中醒来。

高定邦　日已昏黄，正好去西边桥上画落日，不错，我就这就起身，这就起身。（取了纸笔，跌跌撞撞地往外走）

〔店小二上。

店小二　（一声尖叫）哎呦，您踩着我的脚了！我让您，我让您，哎呦，您又踩着我的脚了。得得得，您现在有钱了，我服侍您，您说去哪儿，我送您去。去西边桥头，好，没问题，咱这就去。您走不动啊，来，我背您，没事儿，我这身穷骨头，专门伺候有钱人的。（背上高定邦下，两人下）

第六出

〔秦子虚上。

秦子虚　（唱）不觉得年华流逝已十年，

　　　　　　十年间世事变迁真堪叹。

　　　　　　秦子虚，三试不中心变淡，

　　　　　　回首看，岁月如蝶去难还。

　　　　　　穷经皓首几经年，

　　　　　　错过了这寒江暮景，胭脂林障，翡翠山屏，好一派自在天然。

一路上信马细观看,

不觉中,姐夫居处在眼前。

(下马,敲门)姐夫,姐夫。奇怪,下雪天,他到哪里去了?

〔老农担柴经过。

秦子虚　敢问老丈,可知此屋主人去往何处了?

老　农　哦,您问这个高傻子呀,这我可不知道,这高傻子向来是来无影,去无踪,是个出了名的怪人。

秦子虚　你竟叫他高傻子?

老　农　可不是傻子吗?有人说他是状元公,有人还说他是翰林老爷,您说,放着荣华富贵的日子不过,跑来这乡间受苦,不是傻子,您说他是啥?说起来他还欠我两担柴钱呢,老丈我看他可怜,不与他要了。

〔老农下。

秦子虚　这个,这个,(苦笑)是傻子,是傻子呀。

〔内传来一阵阵咳嗽声。

〔题香扶着高定邦上。

高定邦　题香你莫要担心,这病么,无甚要紧的。

秦子虚　姐夫!(将披风解下来给高定邦披上)

高定邦　子虚啊,你来了。

题　香　秦先生有礼了。

秦子虚　(还一礼,疑惑地)这位是?

高定邦　这位便是当年那宋家的小娘子呀。

秦子虚　(恍然)哦,但,(把高定邦拉到一旁)但她如何在此?

高定邦　哦,你也有好些年不曾来了,难怪不知情。

(唱)五年前宋家人追来此乡,

逼公子考功名拆散鸳鸯。

临行前他托我照看题香,

却不想此一去音讯渺茫。

秦子虚　只怕又是个负心汉。姐夫,我可不是说你。

高定邦　痴情女子负心汉,岂不知,有时痴情过甚,反成负累。(咳得急了,突然吐血,将来扶的秦子虚衣衫染上血迹)

秦子虚　（大惊）姐夫你，你，你……

题　香　哎呀，先生！

高定邦　不妨事，不妨事。老弟，你，你这衣衫被我弄脏了。

秦子虚　姐夫，休管这衣衫了，你这身子呀，要好好将息才是了。

高定邦　（定定地看着秦子虚的衣衫）题香，烦你去我房内取笔墨来。
　　　　去吧。

　　　　〔题香取笔墨出来。

高定邦　老弟，请过来。

　　　　〔秦子虚走近高定邦，高定邦挥笔在秦子虚衣衫上画上几笔。

题　香　（惊叹道）红梅迎春？

秦子虚　（唱）果然是，几朵红梅喜迎春，
　　　　　　　实可叹，他一身画艺已出神！

高定邦　（轻叹）白雪之下，有盎然生机。梅花苦寒，犹有花开之喜。而
　　　　我高定邦，只怕见不到春暖花开了。

题　香　先生不可讲这样的话，先生的身体，若好好将息，会好起来的。
　　　　（转身抹泪）

　　　　〔急促的马蹄声突起。

　　　　〔一家丁赶马车上，见众人，下车。

家　丁　敢问各位，此间可有一位高定邦高老爷？

高定邦　高定邦便是在下。

家　丁　小的见过高老爷。小的是宋大人府上的，奉命前来迎接香姨
　　　　娘回府，不知香姨娘而今何在？

题　香　（惊喜）宋大人？！他果然考中了，果然回来接我了！他不是负
　　　　心汉！

高定邦　姨娘？你是说，宋大人已另有妻房？

家　丁　回高老爷，我家大人已有夫人，乃是大人恩师府上的千金。

秦子虚　姐夫你看，你看，果然是这样。

家　丁　这位便是香姨娘？小的给香姨娘请安了。大人还在驿馆里等
　　　　着呢，请香姨娘就上车吧，莫让大人久等了。

秦子虚　哼，题香等他五年，他却等不了这一刻么！

高定邦　题香，委屈你了。

题　香　（笑）题香自知身份卑微，从不敢奢望可为正室，他肯来接我，

我便安心了。高先生,这些年多蒙先生照料,题香告辞了,先生可要,可要好好保重。(突然泪落)

高定邦　大喜之日,莫要伤怀了,此去宋府,须将前尘往事都忘掉,切记!

题　香　题香明白,题香告辞了!(走几步又回头)先生!

高定邦　哎,题香,去吧,去吧!

〔家丁扶题香上车,离去。

秦子虚　她竟然还是肯随他去了。

高定邦　不然又能如何呢?哎,心若不是自己的,这身子么,便也就不自由了。

秦子虚　(冲动地)姐夫,我搬来和你一起住吧!

高定邦　(看着他笑)这样的日子,只怕你捱不了几天。

秦子虚　可我看姐夫日子过得不错,愈发地仙风道骨了!

高定邦　你只怕是说我瘦骨嶙峋,没几天便要去见神仙了吧!哈哈哈!(咳嗽)

秦子虚　姐夫的性情果然与从前大不一样了,愈发的开朗了,开朗了呀,哈哈哈。

〔高定邦咳嗽得厉害,秦子虚担心地替他拍背。

〔远处又是马蹄声,比适才更大更急。

高定邦　奇怪,今天是什么好日子呀,我这里如此热闹?!

〔四个旗牌官上。

旗牌官　新科状元到,闲杂人等回避!

高定邦　新科状元到了,你我定然是闲杂人等,还是快些回避吧。(勉强站起来,拉着秦子虚要走)

〔高文忠上。

高文忠　且慢!(下马)外甥见过舅父。舅父为何在此?

秦子虚　啊,是文忠,你来此何事啊?(惊喜)啊,你果真中了状元了?

高文忠　回舅父话,外甥果然得中头名状元了。

秦子虚　哎呀,大喜事呀。文忠,你可是专程来看你父亲的?

高文忠　(注视着高定邦,冷冷地)这就是我十年不见的父亲大人吗?(唱)眼见这狠心人站立跟前,

　　　　　　不由得高文忠怒发冲冠。

高定邦	（唱）原来是我孩儿来到此间，
	不由我上下打量仔细看。
高文忠	（唱）只见他青衫不抵寒风卷，
高定邦	（唱）只见他锦貂官袍多温暖，
高文忠	（唱）好一副落魄相真是凄惨。
高定邦	（唱）好一副威风样仪态庄严。
高文忠	（唱）这也是他活该受此磨难，
高定邦	（唱）看起来这孩子果摘得桂冠，
高文忠	（唱）这才叫因果报应不其然！
高定邦	（唱）摘桂冠慰亲娘两下心安。
秦子虚	文忠孩儿，你还不来与你父亲见礼？
高文忠	（冷笑）是啊，我不但要与父亲大人见礼，还要接父亲大人回去享福呢！
高定邦	孩儿你……
高文忠	来人，请老太爷上车回府！
高定邦	孩儿要我回府？
高文忠	到了今日，回不回去，只怕由不得你了！
	（唱）思往事恨得我咬断牙关，
	你走后我娘亲以泪洗面。
	娇妻幼儿你全不想念，
	只顾得与新人胡地昏天。
秦子虚	啊，外甥，你此言差矣！你爹爹他并不曾……
高文忠	（唱）他胡言只能把舅舅欺瞒，
	娘与我皆不信有此根源。
高定邦	（唱）你若不信也是自然，
高文忠	（唱）你说破了嘴皮也是枉然。
高定邦	（唱）问孩儿你到此有何贵干？
高文忠	（唱）接父亲回府去合家团圆。
高定邦	（唱）为父我独处多年已然习惯，
高文忠	（唱）状元父怎能够流落外间？
高定邦	（唱）孩儿只需尽孝娘亲膝前，
高文忠	（唱）提起了母亲我心发颤！

　　　　你可知妻失夫有多少艰难?

　　　　你可知儿无父有多少辛酸?

　　　　叫一声不良父休得推拦,

　　　　我要你回府去把前债偿还。

　　　　你亏欠我母子多少难以尽言,

　　　　这笔债要一分一毫与你慢慢来算!

　　　来人!

秦子虚　(阻拦)外甥,有话好说,你父亲身体不好,只怕受不得这一路奔波。

高文忠　父亲大人身子不好,回府母亲自会悉心照料。舅父让开,休逼我翻脸。来人,请老太爷上车回府!

　　　〔旗牌官上,高定邦后退一步,险些摔倒。秦子虚急,要推开旗牌官,反差点被推了个跟跄。

高定邦　(扶住秦子虚,虚弱地)慢,且勿动手,文忠,莫为难你舅父,我,这就与你们回去。(回看秦子虚,淡然一笑)你看这又是一笔债,旧债未了又添新债,看来我的余生便都要用来还债了。(回顾茅屋,怅然)子虚老弟,我这两间茅屋,真的只能留给你了。那些无用的画,你都替我烧了吧。

秦子虚　姐夫!

高定邦　答应我!

秦子虚　姐夫,我答应你。但你,你这一去,可要爱惜身体才是。

高定邦　不妨事的,心若自在,这身子么,在哪里也是一般。

秦子虚　姐夫你要保重!

高定邦　(笑)子虚你忒啰嗦!

秦子虚　(摇头)你还笑得出来!

高文忠　打马回府!

　　　〔一群人下。

秦子虚　都走了,都走了,只剩下我一个人了。雪大了,这风么,实在是吹得透骨寒。待我去茅屋中躲避躲避吧。(进屋)呀,这屋里与屋外实是一般儿冷。看来这样的日子,我真是捱不下去的。(看屋内挂的画,震惊)这都是姐夫画的么?(一张张看过去,痴迷)这全都是他画的么?他要我将这些画都烧掉?!哦,不不不,不能烧掉,我要把它们全部带走,全部带走!

〔两个棋牌官打马回。

旗牌官 舅老爷,舅老爷!

秦子虚 (出)有何事?

旗牌官 舅老爷,状元公适才吩咐,要将这茅屋烧去,请舅老爷出来暂避。

秦子虚 (举手拦住门口)呀,不能,他不能如此,这里面是他父亲十年的心血。

旗牌官 舅老爷,在下奉命行事,得罪了。

〔两人将秦子虚拉开,点燃了茅屋。下。

〔秦子虚站在火光前呆立着。

秦子虚 一下子就没了。一下子就没了。全没了! 全没了!

〔火光中飘起一些残卷,被风吹起,吹到空中,吹到远处。

〔秦子虚呆呆地看着这些残卷。

〔静场。半晌。

〔高定邦着宽袖青衫上,神态安详,慢慢地走到场中,抬眼看天空中飘扬的雪花和残卷。

秦子虚 (回头,惊一跳)姐夫,你,你怎么又回来了?

〔高定邦不说话,往四周远近深情地巡视着,缓缓地走着。

秦子虚 (被他的动作吓到,喃喃地)姐夫。

〔高定邦充满眷恋地环顾四周,慢慢地走着。

〔秦子虚不说话看着他,跟着他慢慢地走来走去。

〔旗牌官打马上。

旗牌官 舅老爷,舅老爷,不好了,适才老太爷在半路上突然,突然去了。

秦子虚 (惊得目瞪口呆)你说的是什么话?

旗牌官 舅老爷,老太爷没了。状元公来请舅老爷一同扶灵回府。

〔高定邦安静地站立着,仰望远山。

秦子虚 (恍若梦游般望着高定邦)原来是这样。(不由放声大笑)哈哈哈,我的好姐夫,你终于不需还债了,你终于解脱了呀,哈哈哈! (低头看自己的衣衫,珍惜地抚摸)姐夫,你还是为我留下了这一副寒梅迎春图,我会一生珍藏。

旗牌官 舅老爷节哀顺变,请!

〔秦子虚随旗牌官下。

〔高定邦在台中站立着,大雪里,风吹起他的青衫,飘逸若仙。

〔幕后合唱:再不为紫泥封做官样文章,

　　　　　　再不会为报恩苦读寒窗。

　　　　　　闲来我听一曲濯缨沧浪,

　　　　　　曲声中前尘往事都尽忘。

　　　　　　从此后江山入胸襟画笔奔忙,

　　　　　　对南山性转狂地久天长。

——全剧终——

剧 本 阐 述

穷书生高定邦十年寒窗，终于考中状元，夫人高秦氏感叹苦尽甘来，欣喜异常，高府门前，一时热闹异常。不料几日后，高定邦却突然抛妻弃子，离家出走，同时失踪的，还有一位青楼女子……

高秦氏委托弟弟子虚代为寻找，两人皆以为高定邦乃是为美色所惑，离家游乐去了，但当子虚找到高定邦时，方才发觉他不但孤身一人，而且衣食无着，过着落魄的日子，不由深感疑惑……

子虚追问之下方知，高定邦自幼贫困，当地大户秦府老爷看中其乃状元命，遂资助钱粮供其读书，后更将女儿云娘许配给他。婚后，云娘变卖嫁妆，料理家务，敦促丈夫以功名为重。受此深恩，高定邦不得不埋头苦读。但当一朝得中状元，回首往事，才发现自己这半生辛劳，皆为深恩所累，无论经书文章还是做官，皆非他心所爱。恰好此时，他陷入了对绘画的狂热迷恋之中，自觉从中获得了极大的精神自由和快乐。为此，他不惜抛弃功名，舍弃妻儿，甘居贫困乡野……

十年后，高定邦之子长大成人，考中状元，寻找父亲，强迫他回府与母亲团圆，偿还旧债，此时，久受贫困所扰的高定邦已病入膏肓，面对前尘往事，高定邦如何抉择……

高定邦的出走，可谓偶然，也可谓必然；可谓理想，但亦是现实。埋头生活的芸芸众生，心中何尝没有放纵自由的梦想，只是，出走既是解脱和改变，也意味着舍弃和重新开始，又有几人可真正做到？

还好，至少在艺术的自由国度里，我们得以描摹自己的梦想……

本剧的构思源自毛姆名作《月亮和六便士》，但最终呈现出来的，还是一个原汁原味的中国故事。传统戏曲的经典形式与包含现代意识的内容，完全可以在一个中国化的故事中融合。虽然这个高定邦与那个高更所感受到的痛苦，以及所追寻的理想，还不尽相同。

本剧曾获得第六届中国戏剧文学奖铜奖。

七场越剧

西 厢 后 记

人　物　莺　莺　袁派青衣。

　　　　郑　恒　徐派小生。

　　　　红　娘　吕派花旦。

　　　　张　生　尹派小生。

　　　　崔　母　老旦。

　　　　家人、丫鬟等。

第一场　负　情

〔幕后合唱：自那日，送别张生长亭边，

　　　　　　归来后，魂牵梦萦意阑珊。

　　　　　　数罢落花问归雁，

　　　　　　不知良人几时还。

〔崔府。秋。

〔二道幕前。

红　娘　（上）自张生去后，小姐整日怏怏无语，食不下，睡难安，真是人
　　　　比黄花瘦三分。那张生也甚是可恶，一去数月，只送来了一封
　　　　信，小姐把那信，成日地看，一会儿哭，一会儿笑，哎，这真是一
　　　　个情字误终身。嗯，红娘我得想个法子，让小姐高兴起来才
　　　　好。什么法子呢？（思忖，拍手笑）对，就是这个主意。（下）

　　　　〔二道幕启。

　　　　〔莺莺出。

莺　莺　（唱）碧纱窗外风缭乱，

　　　　　　秋叶飞落扑绣帘。

　　　　　　销魂衰柳数声蝉，

　　　　　　伤心残花千行雁。

　　　　　　千行雁，带去了萧萧一曲回文怨，

　　　　　　带不回，那人归期在何年？

　　　　　　枕上几度回西厢，

　　　　　　醒来后，人孤单，泪未干。

　　　　　　百种愁绪如何遣，

　　　　　　万般相思肠欲断。

都只怨娘亲她不招白衣婿，

到如今有情人隔千山远。

但愿得，离飞双燕早相见，

君啊君，你休为封侯误红颜。

〔莺莺长叹一声，闷闷地走到桌前，随手拨动琴弦，琴声杂乱不成调。

〔红娘上。

红　娘　小姐，小姐。

〔莺莺头不抬，手不停，怅怅地不回答。

红　娘　(走过去按住琴弦)哎呀小姐，勿要心烦了，张生他，有信来了。

莺　莺　(惊喜)当真？信在哪里？快取来给我。

红　娘　不是书信，是口信呢！

莺　莺　(疑)口信？

红　娘　是啊，是口信。

莺　莺　(有些羞)那他，他都说了些什么？

红　娘　他说呀，

　　　　(唱)劝小姐且将眉头展，

　　　　　　勤加餐，多安眠。

　　　　　　珍重玉体莫思量，

　　　　　　夫妻重聚在眼前。

莺　莺　(先喜)夫妻重聚在眼前，(又疑)

　　　　(唱)红娘啊，是谁带来这口信？

红　娘　(唱)是，是京城归来一书生。

莺　莺　(唱)书生如今在何处？

红　娘　(唱)送罢信他已离博陵。

莺　莺　走了？红娘，你莫不是在哄骗我？

红　娘　哎呀，小姐，红娘何时哄骗过小姐呢？

莺　莺　(唱)但未知因何是口信？

红　娘　(唱)或许是归人匆匆书难成。

莺　莺　说得有理。

红　娘　小姐啊，既是张生快回来了，你可要善珍玉体才是，你看你这般消瘦，让张生看了，还不知怎样心疼呢！

莺　莺　（娇羞）红娘休得胡说！

红　娘　红娘可没有胡说。

莺　莺　（颔首笑）红娘，你去为我取镜奁钗盒，我要梳妆起来。

红　娘　红娘这就去。（去至妆台前）

莺　莺　（唱）温存话，虽只有只语片言，
　　　　　　　　却胜过，华佗药顿把春还。

　　　　　〔红娘扶莺莺在妆台前坐下。

莺　莺　（唱）对镜添妆胭脂淡，
　　　　　　　　把病容微微来遮掩。

红　娘　（唱）将珠钗斜插云鬓间，
　　　　　　　　小姐你依旧如花好容颜。

莺　莺　（唱）怕只怕，春去秋来花容残，
　　　　　　　　人归后，不识旧时堂前燕。

红　娘　小姐此后，再不要不食不眠，令人担心了。

莺　莺　知道了。

红　娘　如此，红娘去给小姐取参汤来吧！（下）

莺　莺　他说，夫妻重聚在眼前，夫妻重聚在眼前……（双手合十，对天
　　　　祈祷）
　　　　（唱）谢苍天成全女儿愿，
　　　　　　　　愿夫妻早日来团圆。
　　　　　　　　从此后不离不弃长相伴，
　　　　　　　　再不让愁风怨雨染眉间。

　　　　　〔红娘端参汤上。丫鬟匆匆上。

丫　鬟　红娘姐姐，红娘姐姐。

红　娘　何事？

丫　鬟　适才有人送来一封书信给小姐。（递过书信）

红　娘　书信？哪里来的书信？

丫　鬟　说是京城送来的。

红　娘　京城？（大喜）定是那张……（对丫鬟）好啦，知道了。

　　　　　〔丫鬟下。

红　娘　这张生，早不送信，晚不送信，偏在我红娘费心思编个谎话骗
　　　　了小姐后才送来，果然可恶！罢罢罢，有信来便好。（眼珠一

转,把书信藏好,高声唤)小姐,小姐!

莺　莺　何事大呼小叫?

红　娘　小姐,你且如何谢我?(放下参汤)

莺　莺　因何要谢你?

红　娘　有大喜事要谢我。

莺　莺　大喜事? 什么大喜事?

红　娘　稍后小姐便知,但小姐若不谢我,这个大喜事,我便不告诉
　　　　小姐。

莺　莺　(笑)你这丫头,愈发地没有分寸了。也罢,(站起来,盈盈一
　　　　礼)红娘姐在上,崔莺莺在此多谢红娘姐的大恩!

红　娘　(笑,学张生)啊我那莺莺小姐,快些请起。

莺　莺　(羞)红娘!

红　娘　(取出书信)小姐,你看,这次不是口信,是书信!

莺　莺　书信? 张生的书信?(上前拿)

　　　　〔红娘故意不给,两人追逐,莺莺不堪累,咳嗽。红娘赶紧扶她
　　　　坐下,将书信交给她。

莺　莺　(欲拆,又羞)红娘,你先出去吧。

红　娘　红娘我又不识字,不妨事的。

莺　莺　红娘!

红　娘　好好好,红娘出去看老夫人了,小姐你慢慢看吧,慢慢看吧!

　　　　〔莺莺娇羞,待红娘走后才展信观之。

莺　莺　(语气轻柔)与卿相逢,三生有幸。不负卿望,金榜题名。
　　　　(喜)呀,他果真高中了,谢天谢地。(继续读,语气更婉转)思
　　　　卿心切,拟登归程。恩师逼婚,(语气顿变惊)变故横生。逼
　　　　婚,逼婚?(心急,继续读,语速快)万死难辞,违心成亲。花烛
　　　　泪溅,愧对卿卿。(将信抛出,急水袖)不,不……

　　　　〔幕后唱:观书信只觉得万箭把心穿,

　　　　　　　　一瞬间肝肠断魂飞九天。

　　　　〔莺莺一步步往前走,欲拾信,又不敢,退,再上,拾信。

莺　莺　(颤声,缓慢)愿卿珍重,另觅夫君。今世缘薄,且定来生。(悲
　　　　呼)啊!(站立不稳,伏案,悲恸)莺莺,莺莺,汝为女子,薄命如
　　　　斯! 张生,张生,君为丈夫,负心如此!

〔莺莺眩晕,昏倒在妆台上。红娘和老夫人上。

老夫人 小姐真的好起来了?

红　娘 是呀,有灵丹妙药来了,小姐的病自然立刻就好了。

〔两人进房。

红　娘 小姐,(大惊)哎呀小姐你怎么啦?

老夫人 莺莺,莺莺,我的女儿啊,(扶起莺莺,拾起书信,看,脸色大变)啊?哎呀张生,你这个忘恩负义的畜生!

红　娘 什么,难道这书信不是灵丹妙药,反是送命的不成?哎呀小姐,小姐!

老夫人 莺莺,莺莺!

第二场　病　嫁

〔崔府。郑恒上。

郑　恒 (唱)姑母传信催促频,

　　　　言道表妹病势沉。

　　　　心急急催马狂奔到府门,

　　　　只恐怕天人永诀憾在心。

〔下马拍门。家人开门,见礼,引郑恒下。

〔老夫人和红娘上。

老夫人 小姐吃药了吗?

红　娘 (摇头)小姐还是不肯吃。

老夫人 这,这可如何是好啊?(掩面哭泣)

红　娘 老夫人,你要多保重,小姐,小姐会好起来的。

老夫人 说来都怪你这丫头不好,当初若非你巧言令色,哄骗我默许了这门婚事,又怎会有今日?若莺莺有三长两短,我,我定要你这丫头赔命来。

红　娘 我,我,(跪下)老夫人,是红娘错了,红娘在这里,任凭老夫人发落!

老夫人 唉,便发落了你,只怕也难换莺莺一条命,天啦,这可如何是好啊?

〔两人相对而泣。家人引郑恒上。

郑　恒　侄儿见过姑母。

老夫人　(惊喜)郑恒我的好侄儿,你来得好快。红娘,你且下去,务必伺候小姐把药吃了。

〔红娘下。老夫人让郑恒坐下。

郑　恒　姑母,前次我写信来问安,表妹还甚好,怎会突然抱恙? 如今怎样了?

老夫人　唉,
　　　　(唱)病恹恹,几日来滴水未进,
　　　　　　　昏沉沉,千呼万唤也难醒。

郑　恒　(惊骇)怎会突然病得如此沉重?

老夫人　(唱)这真是,天有不测风云,
　　　　　　　我只怕,白发人要送黑发人。

郑　恒　(唱)劝姑母切莫太忧心,
　　　　　　　表妹她,并非福薄寿短人。
　　　　　　　慢将汤药来调理,
　　　　　　　定然能逢凶化吉又回春。

老夫人　唉,我的好侄儿,
　　　　(唱)想当初,两家人指腹为婚,
　　　　　　　你二人,青梅竹马共长成。
　　　　　　　我只望,姑侄亲上再加亲,
　　　　　　　想不到,如今苦心成幻影。

郑　恒　姑母如何讲这样的话?
　　　　(唱)我宦游在外几经年,
　　　　　　　牵挂莺莺心意诚。
　　　　　　　总盼着,一朝花轿上门来,
　　　　　　　花烛高烧把誓盟。
　　　　　　　却不想,姑丈不幸辞世去,
　　　　　　　莺莺守孝亲难成。
　　　　　　　我且等待,无怨言,
　　　　　　　不惧客居独卧拥寒衾。
　　　　　　　姑母啊,侄儿一片丹心请明鉴,
　　　　　　　病灾怎能阻婚姻?

姑母若是不放心，

侄儿我就此回家门。

三媒六证，吉日良辰，

迎表妹拜天地做我郑家人。

老夫人 （唱）你，你不嫌莺莺她……她……她重病缠身？

郑　恒 （唱）侄儿岂是寡情负义之人！

老夫人 （一下子站了起来）好，好，好，你果然是我的好侄儿！是呀，成亲，成亲，（突然福至心灵）是了，是了，成亲便可冲喜……

郑　恒 正是，姑母，成亲之后，说不定表妹的病，就会好了呢?！

老夫人 这，这……唉，不行，不行，还是不妥，还是不妥。

郑　恒 姑母，有何不妥？

老夫人 总是不妥。

〔红娘匆匆上。

红　娘 老夫人，老夫人。

老夫人 又怎么了？

红　娘 小姐她，她又吐血了!

老夫人 啊！（站立不稳）

郑　恒 （扶住她）姑母，姑母！

老夫人 （唱）见莺莺，秋风催病病更重，

为救命，我只得违心把侄儿来瞒哄。

郑恒啊我的好侄儿，

到今天姑母我无他计，

把莺莺交付你手中。

还望你善待小女多照料，

姑母我永难忘你恩义隆！

郑　恒 姑母放心，娶回表妹后，侄儿定然会悉心照料，务必令表妹转安!

老夫人 （抹泪）那便好了。只是，多少委屈你了。

郑　恒 姑母这是说哪里话？侄儿得娶表妹，三生有幸。如此，侄儿先去看看表妹，便回转家门，择吉日前来迎娶，姑母您看如何？

老夫人 如此甚好，如此甚好。

郑　恒 多谢姑母，啊，不，多谢母亲大人！（大礼参拜，老夫人扶起）小

婿告退。（下）

红　娘　（惊骇）老夫人，你……

老夫人　（脸一板）红娘，自此后，休得再提起那人！普救寺内，西厢往事，尚无人知晓，你随小姐嫁去郑家，务必守口如瓶，如有差池，哼，我旧账新账与你一并算来！

红　娘　可小姐若醒来，只怕……

老夫人　若我儿真的醒来了，那真是谢天谢地的事。红娘，我的话，你都记好了，下去伺候小姐吧。

红　娘　（出）呀，小姐就这样嫁与表少爷了？唉，也罢，说不定真救得回小姐一命呢？还是救命要紧。（下）

第三场　生　变

〔郑府。

〔莺莺病卧榻上。丫鬟端上来一碗药。

〔郑恒上，接过药来，示意丫鬟下，然后蹑手蹑脚地走进去，将药放下，看莺莺睡得正沉，暗自欣慰。

郑　恒　（唱）自那日，花轿抬回病莺莺，
　　　　　　　郑恒我，广延良医入家门。
　　　　　　　但愿得，华佗再生去灾病，
　　　　　　　哪顾得，万贯家财都散尽。
　　　　　　　眼见得，莺莺之病去五分，
　　　　　　　时有清醒对郑恒。
　　　　　　　对郑恒，双眸有泪泪盈盈，
　　　　　　　只怕是，万分感激她记在心。
　　　　　　　莺莺啊，郑恒此生无他愿，
　　　　　　　只愿能，携手相伴共此生。

〔郑恒在床边坐下，看着莺莺，突觉困倦难支，不觉睡去。

〔莺莺醒来，起，见郑恒伏案而睡。

莺　莺　（唱）见郑恒，和衣而眠在案前，
　　　　　　　莺莺我，百感交集压在心。
　　　　　　　自那日，昏沉沉，上花轿，

　　　　　醒来后,此身已是郑家人。

　　　　　张生负情我心欲死,

　　　　　却不想,郑恒他寸步不离呵护勤。

　　　　　西厢往事他全不知,

　　　　　娘亲欺瞒他不该应。

　　　　　我有心把实情来相告,

　　　　　怕只怕,实情句句伤他心。

　　　　　负心之痛我深受,

　　　　　加诸他身我何忍?

　　　　　种种纠缠在心间,

　　　　　不知如何待郑君。

　　〔红娘上。

红　娘　(惊喜)小姐,你能起身啦?

莺　莺　嘘!

郑　恒　(醒)莺莺,你果真能起身了? 真是太好了。(转身端起药)来,把这药喝了吧。(以手试温)呀,凉了,你等等,我拿去热了再给你喝。

红　娘　姑爷,让红娘去吧。

郑　恒　无妨,你在这里陪伴小姐吧,要小心伺候!(下)

红　娘　小姐,你怎样了?(扶她坐下)

莺　莺　神清气爽,已是大好了。

红　娘　那就好,那就好了。小姐啊,这三个月来,真是吓坏了红娘。

莺　莺　难为你了。

红　娘　小姐,说起来最难为的,还是姑爷。

莺　莺　我知道。

红　娘　小姐,红娘有句话不知当讲不当讲?

莺　莺　你说吧。

红　娘　(唱)小姐啊,你病沉卧床三月间,

　　　　　　姑爷他,衣衫不解来照看。

　　　　　　三月来,小姐病势日渐轻,

　　　　　　姑爷他,翩翩少年瘦了青衫。

莺　莺　这些,我都知道。

红　娘　（唱）锦上添花时常见，
　　　　　　雪中送炭难上难。
　　　　　　小姐啊，休再为负心人肠断，
　　　　　　莫令得眼前人心寒。

莺　莺　（深受触动）红娘。

红　娘　小姐，红娘去让人给老夫人报信，红娘的话，万望小姐多想想。
　　　　（下）

莺　莺　（喃喃念）休再为负心人肠断，莫令得眼前人心寒。
　　　　〔郑恒端药上。

郑　恒　莺莺，药来了。

莺　莺　多谢表兄。
　　　　〔郑恒伸手扶她，莺莺欲闪，郑恒一愣，莺莺自觉不妥，不再躲，
　　　　郑恒再扶她坐下，喂药。

莺　莺　表兄，还是我自己来吧。

郑　恒　无妨，这些日子来，我都习惯了，来，我已试过了，不冷不热，
　　　　刚好。
　　　　〔莺莺顺从地喝药。

郑　恒　（高兴）看你身子大有起色，委实令人高兴。大夫说了，要你多
　　　　走动，今日无风，我陪你去花园走走吧。

莺　莺　如此，多谢表兄了。

郑　恒　你我原是姑表至亲，如今又是夫妻，莺莺，你无须太过客气，
　　　　来，我扶你。
　　　　〔两人正欲出门，丫鬟上。

丫　鬟　公子，有位从京城来的陈先生求见。

郑　恒　陈先生?！哦，请他到书房相见。（歉疚地对莺莺）莺莺，这位
　　　　陈先生乃是我往日同窗，多年未见，我得去……

莺　莺　表兄请去，让红娘陪我便是。

郑　恒　你先坐下。（扶她回去）我自会快去快回，你若累了，便先歇歇
　　　　再去，千万小心了。

莺　莺　（感动地）知道了。
　　　　〔郑恒下。

莺　莺　呀，

(唱)他温言暖语情义真,
　　　任铁石人儿也动心。
　　　但将往事细思量,
　　　那西厢之人也甚温存。
　　　情浓时百般挚诚,
　　　千万事满口应承。
　　　谁料想情变在转瞬,
　　　真与假让人怎生辨得清?
　　罢罢罢,
　　　真与假也无需分得清,
　　　我已是郑家媳妇郑家人。
　　　前尘历历化烟云,
　　　权当作,莺莺死后再重生。
　　　纵然我,难辨假意与真情,
　　　也应该,举案齐眉敬如宾。
　　　他那里殷切照料紧,
　　　我这边权且笑脸迎。
　　　西厢往事付流水,
　　　无波无澜为恩为义过此生。
　　〔红娘上。

红　娘　小姐,老夫人那里,我已让人送信去了。

莺　莺　红娘,你适才说的话,我想过了。

红　娘　小姐莫怪红娘心直口快。

莺　莺　我自然知道,你都是为我好。红娘啊,你说得对,我,我都明
　　　　白了。

红　娘　小姐明白了?

莺　莺　从此后,不再为负心人肠断,不会令眼前人心寒。

红　娘　(喜)小姐,你果真明白了,如此,红娘就真的放心了。

莺　莺　红娘,你扶我去花园走走吧。

红　娘　(欢跃)红娘来了。(取披风给她披上,扶她出)
　　　　〔郑恒失魂落魄地上。

红　娘　呀,小姐,姑爷来了。

莺　莺　（微笑）表兄，陈先生走了么？

郑　恒　（表情十分奇怪）走了，走了。

莺　莺　如此，表兄，表兄愿陪莺莺往花园一游么？

郑　恒　（心神不定地）这，我，我还有事，你和红娘去吧。

　　　　〔莺莺和红娘都觉诧异，对视一眼，没说什么，下。

郑　恒　（追几步，停下来一声长叹）天啦，天啦，这究竟是怎生回事啊？

　　　　（唱）与陈生一别已数年，

　　　　　　　故友重逢相见欢。

　　　　　　　他奢谈京城风流事，

　　　　　　　一桩事，惊得我目瞪口呆魂飞天。

　　　　　　　他说道，今科有个张君瑞，

　　　　　　　曾在普救寺中结良缘。

　　　　　　　一首待月西厢下，

　　　　　　　引来佳人情思转。

　　　　　　　深夜潜行不顾羞，

　　　　　　　私会情郎意绵绵。

　　　　　　　佳期如梦心魂颠，

　　　　　　　怎奈得千金之女家拘严。

　　　　　　　一朝事发高堂怒，

　　　　　　　逼张生，用高官厚禄把女换。

　　　　　　　张生他，进京赴考千里远，

　　　　　　　相约归来续前缘。

　　　　　　　却不想，一朝蟾宫折桂把花簪，

　　　　　　　他便将名门淑女来浪攀。

　　　　　　　虽为前程结良缘，

　　　　　　　思及故人情缱绻。

　　　　　　　张生他，提笔写下莺莺歌，

　　　　　　　西厢情事四下传。

　　　　　　　听此言好似平地惊雷起，

　　　　　　　震得我心惊又胆颤。

　　　　　　　莺莺本是我妻闺中名，

　　　　　　　普救寺中曾流连。

不,决不会。想必这不过是巧合,抑或是那张生他慕莺莺表妹之名,作捏造之言。只是这女子的闺名,又如何为外人得知?

(唱)又想起表妹当日病,

　　　来得突然费思忖。

　　　莫不是,因张生负心重配婚,

　　　表妹她,所托非人欲断魂。

天啦,这,这……

(唱)这传言是假还是真,

　　　郑恒我,失魂落魄分不清。

　　　有心把莺莺来动问,

　　　又怕她大病初愈不禁风。

　　　待要去博陵问姑母,

　　　又恐怕惊扰了堂上白发两鬓星。

(彷徨,暗伤)是了,

　　　我不妨遣人去往普救寺,

　　　定要将此事来查明。

　　　如若此事果是真,

　　　我,我与她今生难续夫妻情!

〔欲下。莺莺和红娘上。

红　娘　姑爷你还未走啊?姑爷,你看,小姐特意为姑爷折来了桃花一枝,要为姑爷插在书房花瓶中去。

莺　莺　(嗔)红娘!

郑　恒　(脸色很难看)有劳表妹了。(拂袖而去)

莺　莺　呀,他……

红　娘　姑爷!小姐,姑爷这是怎么了?

〔两人对视,十分惊愕。莺莺手中花落,站立不稳。

红　娘　小姐小心了!(扶莺莺入内)

第四场　离　心

〔幕后合唱:嫁入郑府三年整,

　　　　　　低眉顺目对夫君。

　　　　　　　　红烛滴尽清泪尽,

　　　　　　　　惟有一腔幽怨诉不尽。

　　　〔郑府中。清淡的琴声由内传出。

红　娘　（内）小姐,今日天气甚好,不要闷在房里弹琴了,让红娘陪小姐去花园走一走吧。

莺　莺　（内）也好,（停顿）红娘,你且先去问过姑爷吧。

红　娘　（内）啊,小姐,这也要问过姑爷啊?

莺　莺　（内）去吧。

红　娘　（内）小姐,红娘不想去。

莺　莺　（内,停顿）也罢,那我就接着弹琴好了。

红　娘　（内）小姐!（生气地）好,我去,（出）你不闷,我红娘可要闷死了。做什么都要问过姑爷,小姐啊小姐,你在怕些什么呀?（一跺脚,下）

　　　〔纱帘缓缓拉开,莺莺开窗远望。

莺　莺　（唱）闲来推窗观风景,

　　　　　　　　但只见,满庭清露浸花阴。

　　　　　　　　柳色间,三两飞鸿自在行,

　　　　　　　　看远处,叠叠青山挂微云。

　　　　　　　　似这般怡然美景,

　　　　　　　　却难唤起我游园心情。

　　　　　　　　自与表兄结秦晋,

　　　　　　　　算来已有三年整。

　　　　　　　　想当初,张生送来断肠信,

　　　　　　　　我魂魄消散命难存。

　　　　　　　　娘亲她,自作主张嫁病女,

　　　　　　　　昏沉沉,花轿抬进郑府门。

　　　　　　　　幽幽三月病方轻,

　　　　　　　　醒来恍若再世生。

　　　　　　　　表兄他,床前榻边照料勤,

　　　　　　　　莺莺我,愧对护花拳拳心。

　　　　　　　　总以为,往事任它随风去,

　　　　　　　　莺莺重生再做人。

愿与他夫唱妇随度此生，

再不为旧日情怀牵动心。

想不到一朝病势去，

再不见表兄问热冷。

他人前笑言笑语笑吟吟，

他人后冷颜冷面冷冰冰。

莫不是，西厢旧事他已知情，

万分恼恨压在心？

（惊恐，以手掩口，转念又想）

细细想来再思忖，

知真情，又怎能与我结成亲？

莫不是，惹恼了他我不知？

莫不是，他已另有意中人？

战兢兢，只唯恐行差踏错，

凄惶惶，整日里深闺愁闷。

我思来想去想不到，

不知何时慢待君。

花谢犹有花开时，

秋去冬来不见春。

〔红娘上。

红　娘　小姐，红娘回来了。红娘问过姑爷了，姑爷说，让你家小姐自便吧！

莺　莺　这……

红　娘　既然姑爷说让小姐自便，小姐，咱们就出去走一走吧。

莺　莺　（为难地）红娘。

红　娘　小姐。

莺　莺　红娘，你若是闷得慌，就自己去吧。（回桌边坐下，发呆）

红　娘　（跺脚）小姐！

〔莺莺不理，突然掩面而泣。

红　娘　（急）小姐！哎呀，我的好小姐，不要哭了，小心让姑爷看到！

〔郑恒上，从窗外偷看莺莺。

郑　恒　又在哭？又在哭！

（唱）成日里，只见她将珠泪抛洒，

　　　　这珠泪，是为我还是为他？

　　　　想那日，花轿迎回梦中人，

　　　　我只道，终将琼花移我家。

　　　　病榻前，衣衫不解殷勤待，

　　　　递茶送药护娇花。

　　　　好容易病去见彩霞，

　　　　却不料意外听闲话。

　　　　说是那，一双人曾偷会西厢下，

　　　　那张生，将幽情写来笔生花。

　　　　为求证，我遣人前往普救寺，

　　　　却原来，莺莺她果真已是败柳残花！

　　　　恨只恨，姑母将我来瞒下，

　　　　对莺莺，满腔愤懑难抒发。

　　　　我郑恒，空把真情付予她，

　　　　只落得，雨打梨花枉自嗟。

　　　　〔莺莺哭得咳嗽起来。

红　娘　（取来水）小姐，小姐，身子是自己的，还得你自己多将息才是。

郑　恒　（又有不忍，行至窗口看）唉，

　　　　（唱）她郁郁不欢恹恹病，

　　　　哭声哀声动我心。

　　　　有心将她来安慰，

　　　　（行至门口，欲推门，又停）

　　　　想起往事恨又生！

　　　　只怕她还念西厢情，

　　　　她心中从未有郑恒！

　　　　我纵然剖腹掏肝把心倾，

　　　　也只是同床异梦难亲近。

　　　　我何苦对她关心紧，

　　　　倒不如回转书房，来一个眼不见，心清净！

　　　　（忍不住怒哼一声，拂袖离去）

莺　莺　（惊）是谁？谁在门外？

红　娘　（推门看）呀，是姑爷。

莺　莺　表兄？（跟过来看）果然是他。

　　　　（唱）他为何默默站立在门前？

　　　　　　　他为何不言不语又回转？

　　　　　　　莺莺便有七窍心，

　　　　　　　要猜他心事难上难。

　　　　　　　三年来，我笑脸相迎来求全，

　　　　　　　只换得，他片语只言好冷淡。

　　　　　　　看起来，夫妻情似雨飘散，

　　　　　　　举案齐眉，只怕此生难遂愿。

　　　　（掩面哭，下）

红　娘　小姐！（正要追下）

　　　　〔丫鬟上。

丫　鬟　红娘姐，红娘姐。

红　娘　唤我何事？

丫　鬟　红娘姐，后门有个人要见你，说是你家表亲。

红　娘　我家表亲？奇了，我红娘自幼无亲无故，在崔府长大，哪来的
　　　　表亲呢？不见。

丫　鬟　红娘姐，那人说，他家住在西厢，真是你的表亲！

红　娘　（大惊）西厢？西厢！啊，莫非是张……（赶紧捂住嘴）好了，
　　　　我知道了。（丫鬟下）天啦，莫非真是那天杀的张生来了？他，
　　　　他找我作甚？他还有脸来见我红娘吗？（想）是了，我还是去
　　　　见见吧，若真是那张生，哼，看我红娘不拆了他的骨头拿去喂
　　　　狗，好歹替小姐出一口气！

　　　　〔红娘下。

第五场　打　张

　　　　〔郑府后门。张生上。

张　生　（吟）待月西厢下，

　　　　　　　近风户半开。

　　　　　　　拂墙花影动，

  疑是玉人来。

这字字句句,我都还记得清楚,想那一天,

(唱)普救寺玉人初见,

  惊得我魂飞魄散。

  回眸一笑秋波转,

  不由得我把透骨相思染。

  那一夜,月色静,花阴满园,

  在角门,候佳人,罗衣生寒。

  我这边,高吟一绝将相思叹,

  她那里,低声和来多婉转。

  叹只叹,心意相投难相见,

  一弯粉墙高似天。

  总以为,她是九天仙女难亲近,

  却不想,一朝神仙下凡间。

  在西厢,佳期如梦相会短,

  赴科考,长亭送别她情缱绻。

  千万句珍重,

  离泪湿粉面,

  万千句早归,

  柔肠寸寸断。

  叹只叹,丈夫另有凌云志,

  恩师许婚配良缘。

  配良缘,新人如玉好容颜,

  鸳鸯帐,柔情蜜意共枕眠。

  共枕眠,西厢往事入梦来,

  一缕情丝把心魂牵。

  对月思故人,

  愁怀难排遣。

  今日途经郑家门,

  盼见芳颜了夙愿。

  〔红娘上。

红　娘　是谁要见我红娘?

张　生　呀,是红娘姐,红娘姐,小生这厢有礼了!

红　娘　哎呀,原来是张先生啊。红娘也有礼了。

张　生　(惊疑)呀,奇了,红娘见了我,不责不骂,却是为何?

红　娘　张先生,听说你如今做官了,又娶了太子少保韦大人家的千金,真是双喜临门,可喜可贺。

张　生　这……

红　娘　张先生,你既然前途无量,夫妻恩爱,就该在你那金堆玉砌的家中好生享受才是,今日来此,却是为何?

张　生　红娘姐,小生自知辜负了小姐深恩,断不该再来。

红　娘　哦,你也知道辜负了小姐深恩啊。

张　生　(唱)负深恩,既羞且愧心魂牵,

　　　　　　望红娘,再让我一见莺莺面。

红　娘　哦,原来你还想,

　　　　(唱)让我红娘穿针引线,

　　　　　　再替你传书送简?

　　　　　　小姐她,与你早已不相干,

　　　　　　你此番求见情何堪!

张　生　这,这,我与小姐,总算得是一夜夫妻百夜恩,我……

红　娘　(怒)啊你这该死的!张生啊张生,你自称饱读诗书,全不知礼义廉耻,你,你还说得出这样的话来!我打死你这人面兽心忘恩负义该千刀万剐的薄情郎!(从身后取一把鸡毛掸,举起来便打)

　　　　〔张生猝不及防,吓得东躲西藏,不停告饶。红娘打得累了,这才停下来,呸他一声。

红　娘　(唱)只恨我红娘当初瞎了眼,

　　　　　　竟被你巧语花言来蒙骗。

　　　　　　替你传书送简穿针引线,

　　　　　　害得我家小姐几欲把命断!

　　　　　　骂一声张生你这负心汉,

　　　　　　心狠皮厚你还有脸来求见!

　　　　(气冲冲转身就走)

张　生　(追上去)红娘姐。

红　娘　（转身怒目而视,举起鸡毛掸）怎么？你还想挨打不成？

张　生　（赶紧闪到一边）唉,红娘姐啊,

　　　　（唱）打死我张生不要紧,

　　　　　　　累坏了红娘姐我心何忍？

红　娘　（唱）你只管嘴抹蜜糖甜又甜,

　　　　　　　红娘我铁石人儿不动心。

张　生　（唱）千错万错是我错,

　　　　　　　求红娘姐大发慈悲再开恩。

红　娘　（唱）听你求情我就头皮紧,

　　　　　　　不知你又要如何来害人？

张　生　（唱）但愿得能见玉人面,

红　娘　（唱）今生来世皆不能。

张　生　（频频作揖）红娘姐,红娘姐!

红　娘　（唱）狠心的张生你休再多言,

　　　　　　　负心人有何颜面来求见!

　　　　（举起鸡毛掸,张生吓得退两步）

　　　　　　　若让我红娘再见你面,

　　　　　　　无情棍打得你魂飞魄散去往阴曹地府阎罗殿!

　　　　（转身离去）

张　生　红娘姐慢些走,红娘姐。（觉得疼痛,以手抚伤,抽气）好个红
　　　　娘,还真打!（一瘸一拐走到一边坐下,叹气）

　　　　（唱）小红娘既不能把话传,

　　　　　　　侯门似海我怎得见？

　　　　　　　就此归去心不甘,

　　　　对了,我想那郑恒未必知情,我不如堂堂正正投书求见,好歹
　　　　我与莺莺小姐还有义兄妹的名分,

　　　　　　　义兄见妹应不难。

　　　　〔张生站起来,强忍疼痛,走圆场,至郑府前门。

张　生　门上请了。（递上名刺）在下乃是府上夫人的义兄,请代为
　　　　通传。

家　人　请稍待!（入内）

　　　　〔张生略有忐忑地在门外徘徊,想起来,又赶紧整整衣帽。

张　生　（唱）但不知那郑恒能否允我见，
　　　　　　　心忐忑如西厢月下待红颜。
　　　　　　　又想起适才红娘言，
　　　　　　　她说道莺莺为我几欲把命断。
　　　　　　　张君瑞你终做了负心的人，
　　　　　　　思往事顿觉眼眶热心里酸。
　　　　　　　但愿得能见莺莺面，
　　　　　　　我双膝跪地求她赎前衍。
　　　　　（被自己感动，抹泪）

家　人　（出）张先生，我家公子有请。

张　生　（喜）有劳了。
　　　　〔张生与家人下。

第六场　试　情

　　　　〔郑府。
　　　　〔红娘在假意整理妆台，偷偷抹眼泪。
　　　　〔莺莺出。

莺　莺　红娘，红娘，红娘。

红　娘　哦小姐。

莺　莺　红娘，你在作甚？

红　娘　我，我在整理妆台。

莺　莺　适才唤你半天，也未见你，你去哪里了？

红　娘　我，我，我去看小姐的药煎好了没有。

莺　莺　那煎好了吗？

红　娘　煎好了，哦，没，还没有。

莺　莺　红娘你神色慌张，可是有事瞒我？

红　娘　没有，哪有什么事呢？

莺　莺　（怀疑地）没有，没有便好。你去替我取来披风，随我去花园
　　　　走走。

红　娘　小姐，你要出去花园，你不用再问过姑爷了？

莺　莺　（淡淡地）他既让我自便，自然无需再问了。走吧。

〔红娘取来披风替莺莺披上,两人下。

〔二道幕闭。

〔郑恒上。

郑　恒　张君瑞投书求见,哈哈哈,真是可笑,可恨,可恶啊!

（唱）听说是张君瑞投书来求见,

不由得郑恒我满腔恨牙关咬断。

他一不该,西厢月下骗红颜,

二不该,负心再娶把高枝攀。

三不该,动笔写就莺莺歌,

不顾女儿颜面,相逢情缘,让丑事四下传。

似这般无情无义无耻人,

竟还敢投书来求见。

恨不得拿起青锋剑,

看这人是否有心肝!

强忍怒火把客迎,

问他此来有何干。

莫不是,欲与莺莺续前缘,

莫不是,要亲眼看我这被欺瞒之人多可怜。

〔二道幕启。

〔家人引张生上。

家　人　公子,张先生来了。（下）

张　生　哦,如此说来,足下便是我那义妹夫了? 张君瑞有礼了。

郑　恒　张先生客气了,请坐。

〔两人坐下,家人上茶,下。

张　生　（假意喝茶,偷看郑恒,唱）想不到,这郑恒仪容也不差。

郑　恒　（亦偷偷打量张生,唱）这张生,果然是俊秀好风华。

张　生　（唱）叹莺莺,也算得是有造化,

郑　恒　（唱）只可惜,心不正假作风雅。

张　生　（唱）但未知,西厢往事他知否,

郑　恒　（唱）他以为,过往丑事将我瞒下。

张　生　（唱）我不妨,且壮胆,把话发,

郑　恒　（唱）我还需,天大怒气暂忍下,且听他。

张　生　啊,义妹夫,不知我那义妹,如今可好?

郑　恒　有劳动问,内子一切安好。不过,先生与内子,如何结成金兰
　　　　的呢?

张　生　这个,说来话长了,

　　　　(唱)想当初,小姐扶枢普救寺,

　　　　　　张君瑞,云游中原也到此地。

　　　　　　那一日,孙飞虎发兵抢红颜,

　　　　　　阖寺僧俗无主意。

　　　　(不由沉浸在往事中,越说越得意)

　　　　　　小姐她,宁将此身殉白绫,

　　　　　　不愿配贼辱清誉。

　　　　　　老夫人,思前想后苦无策,

　　　　　　她……

　　　　(突然意识到自己多言了,停住)

郑　恒　我那姑母,她怎样了呢?

张　生　这,这,

　　　　(唱)老夫人,思前想后苦无策,

　　　　　　她只得,许下重金求良计。

　　　　　　张君瑞,写就书信搬救兵,

　　　　　　请来了,白马将军把贼退。

郑　恒　呀,想不到先生是如此侠义之人,路见不平,拔刀相助,委实令
　　　　人钦佩!

张　生　(略有些尴尬)过奖了。

郑　恒　想我那姑母,乃是有恩必报之人,定会将金银财帛重重地酬谢
　　　　先生才是。

张　生　张君瑞救难,非为钱财。

郑　恒　是了,是了,先生乃是大义之人,自然非为钱财。

　　　　〔张生更尴尬,一时接不上话。

郑　恒　先生,此后呢?

张　生　此后,此后啊,老夫人见我不受金银财帛,便让小姐与我结为
　　　　金兰了。

郑　恒　哦,原来如此。如此一场惊天动地的大事,怎不见我那姑母与

表妹提起？

张　生　这，想必一时忘记了吧。

郑　恒　张先生说得有理，想必是一时忘记了。

张　生　(半晌无言，偷看郑恒似乎脸色无恙)义妹夫，在下有个不情
之请。

郑　恒　但讲无妨。

张　生　当日一别，我与义妹再无相见，心中甚是，(再偷看郑恒)甚是
挂念。不知义妹夫可否请出义妹，容我一见？

郑　恒　这个……(站起来，思忖)
(唱)张生要见莺莺面，
　　　　无情郎，果真是胆大包天！
　　　　细思量，倒不妨容他一见，
　　　　我在旁，将两人情状细细看。
　　　　看清楚莺莺她是否有眷念，
　　　　看清楚两人间是否还有孽缘。
张先生，且随我往书房，我令人去请夫人前来相见便是。请。

张　生　(大喜)如此多谢义妹夫了，请。
〔两人下。二道幕闭。
〔莺莺与红娘上。

红　娘　小姐，一路走来，你一言不发，我们究竟是出来散心的，还是发
呆的呢？
〔莺莺低头不语。

红　娘　唉，真是闷煞红娘了！
〔红娘也赌气不说话了，两人无言，一路走来。
〔二道幕启。丫鬟上。

丫　鬟　夫人，公子请你去书房见客。

莺　莺　(诧异)见客？哪里来的客人？

丫　鬟　公子说，是夫人娘家人。

莺　莺　娘家人？是男还是女？

丫　鬟　是一位公子。

红　娘　(惊)一位公子，(暗道)哎呀，莫非是那该死的张生来了？

莺　莺　(喜)莫不是我弟欢郎来了？你去回禀公子，说我随后便到。

（丫鬟下）

　　红娘,红娘,是欢郎来了,快些与我进屋梳妆,前去见他。

红　娘　小姐,欢郎年纪尚幼,怎会独自前来?

莺　莺　哎,红娘,此处离家,也不过百余里,也算不得远。再说了,娘
　　　　家之人,除了欢郎与母亲,还有何人呢?

　　　　〔莺莺与红娘进房。莺莺喜孜孜地对镜梳妆。

红　娘　哎呀不好呀,

　　　　(唱)娘家人定不是欢郎是张生,

　　　　　　　小姐她若前去只怕又伤心。

　　　　　　　若是被姑爷他看出隐情,

　　　　呀,

　　　　　　　只怕会平地风波大祸临!

　　　　　　　见小姐对菱花把妆容整,

　　　　　　　无奈我只得上前诉实情!

　　　　小姐,你果真要去?

莺　莺　要去。

红　娘　不去不行吗?

莺　莺　红娘,我怎能不去呢? 你今日说话都好奇怪。

红　娘　(转圈,咬咬牙,跪下)小姐。

莺　莺　(惊,唱)红娘你为何如此这般?

红　娘　(唱)红娘我对小姐有事相瞒。

莺　莺　(唱)有何事不妨细细讲来。(扶她起来)

红　娘　(不肯起,唱)诉实情我只怕小姐再受熬煎。

莺　莺　(又惊又疑)红娘你且起来,但说无妨。

红　娘　(不起)小姐,那,那娘家之人,不是欢郎,乃是……

莺　莺　不是欢郎,那是何人?

红　娘　是,是张生!

莺　莺　(惊得目瞪口呆)张生,是张生?! 你,你是如何知道的?

红　娘　小姐,红娘适才在后门见过张生了。

莺　莺　(震惊)红娘,你,你……(气急)

红　娘　小姐勿要生气,听红娘把话说清。

　　　　〔红娘跪着,说与莺莺听。莺莺听罢,站立不稳,跌坐。丫鬟上。

丫　鬟　夫人,公子催了,请夫人快些前去。

〔莺莺不言不语。

红　娘　你去回禀公子,说夫人知道了。(丫鬟下)小姐,你说句话呀,
　　　　小姐,小姐,你不要吓我!

〔半晌,莺莺才幽幽地叹了口气,将珠钗拔下,扔在妆台上。

红　娘　(紧张地)小姐。

莺　莺　无须担心,不妨事的。(站起来,突然眩晕)

红　娘　(赶紧扶住)小姐。

莺　莺　(突然大放悲声)红娘,红娘,我好恨呀,我好悔呀!

红　娘　小姐。

莺　莺　(唱)恨只恨莺莺我没生慧眼,
　　　　　　错看了狠心人错结孽缘;
　　　　　　悔只悔莺莺我百罪难赎,
　　　　　　悔断了肝肠恨不能回到从前。
　　　　　　我只道,西厢往事似尘烟,
　　　　　　却不料,刺心之人犹纠缠。
　　　　　　怕只怕,此生难逃这孽缘,
　　　　　　纵哭死了崔莺莺也是无人怜。

　　　　(恸哭)

红　娘　小姐,莫要哭了,莫要哭了。

〔莺莺突然拿起一只戒指要吞,红娘大惊,扑过去抢到手中,抱
着莺莺大哭。郑恒悄上。

郑　恒　久不见莺莺往书房,我只得让张生明日再来。心中甚奇,不知
　　　　莺莺此刻在做些什么。(侧耳倾听)

莺　莺　红娘,红娘,你让我死了吧,生,生,生,我虽生何所恋?

红　娘　(哽咽)小姐。

莺　莺　(唱)三年来,前尘尽忘重做人,
　　　　　　一心一意待夫君。
　　　　　　却不料,因果循环有报应,
　　　　　　夫妻情义冷似冰。
　　　　　　红娘啊,你看我一身愁加病,
　　　　　　人伶仃,影孤零。

珊珊瘦骨多嶙峋,

恹恹苦度秋和春。

倒不如就此了残生,

来世投胎莫做人!

红　娘　小姐,还有红娘陪着小姐,小姐,你不要死,你不能死。

郑　恒　(唱)听莺莺一番断肠声,

不由得郑恒泪淋淋。

我不该怨她怪她又疑她,

她也是被骗可怜人。

郑恒呀郑恒,

屋内她哀哭阵阵,

这哭声刺痛我心。

何不将往事忘尽,

伸出手,与她再续夫妻情。

(待推门而入)呀,且慢,

暂且收起这怜惜心,

明日还须见张生。

若她果真断前尘,

到那时,花前月下再将此生论。

但愿得,苍天不负有心人,

但愿得,白头偕老度此生!

(下)

第七场　诗　别

〔张生上。

张　生　昨日求见,那郑恒明明一团和气,偏又令我觉得十分不妥。不过,如他果真知道往事,便断不会令莺莺与我相见。嗯,不妨事的,我不免还是再上门去求见。

〔张生叩门。家人出。

家　人　啊,是张先生,张先生请。

〔家人引张生入。

家　人　张先生请稍坐,我这就去禀告公子。

张　生　有劳了。(紧张)不知今日能否见芳容?

〔郑恒出。

张　生　义妹夫。

郑　恒　张先生。

张　生　不知我那义妹,今日可否见我?

郑　恒　我已令人去请了,稍时便到。张先生,在下有一事请教。

张　生　但说无妨。

郑　恒　若有人,为名负情,为利负义,且不为耻,反为荣,先生看此人何如呢?

张　生　啊,这,这,这便是衣冠禽兽了。

郑　恒　张先生说得对,说得好呀!闻得先生才情过人,曾有美文盛传于京城士子书生间,不知先生此文,讲些什么?

张　生　这,这,这,无非是些前尘往事,随手敷衍而成,不值一提。

郑　恒　(笑)先生过谦了,改日还望先生赐文,让在下好好拜读,再三揣摩才是。

张　生　(如坐针毡)是,是,是,好,好,好。

〔红娘上。

红　娘　红娘见过姑爷。(怒目看张生,张生见红娘,吓得一躲)

郑　恒　你家小姐呢?

红　娘　小姐玉体欠安,不能见客。姑爷,这是适才小姐手题之诗,小姐说,烦劳姑爷读与张先生听。

郑　恒　(惊)让我读给与他听?

红　娘　正是。

郑　恒　(取过来,展看)

　　　　(吟唱)弃置今何道,

　　　　　　　当时且自亲。

　　　　　　　还将旧时意,

　　　　　　　怜取眼前人。

张　生　(呆立,重复)还将旧时意,怜取眼前人。

郑　恒　(重复)还将旧时意,怜取眼前人。说得好,写得好,张先生,张君瑞!

（唱）往日负情你心何狠，

今日求见你心何忍？

你既然早已另配婚，

又何必今日登门访故人？

似这般无情无义无耻人，

早不该苟活世间存。

来人与我拿棍棒，

我要打打打，打死你这衣冠禽兽负心人！

〔张生吓坏了，转身便逃，红娘忍不住抄起鸡毛掸，追打了过去。

〔张生逃下。郑恒和红娘，面面相觑，大眼瞪小眼。

红　娘　（扑哧笑了）这还是红娘第一次看见姑爷，这般地凶神恶煞呢。

郑　恒　（也笑了）红娘，姑爷我只对坏人凶恶。红娘带路，姑爷我要去向你家小姐赔罪，问安。

红　娘　（惊喜）真的？

郑　恒　自然是真的。

红　娘　（惊喜）呀，如此，小姐不知会有多开心。红娘多谢姑爷！

〔两人出。

〔二道幕闭。

红　娘　（想起什么，走走停停，看着郑恒，欲言又止）啊姑爷……

郑　恒　何事？

红　娘　无事。（一会儿，又忍不住）姑爷，那张生……

郑　恒　（笑）红娘且放心，此后无张生！从今后，

（唱）我要与你小姐举案齐眉，

断不会再令她伤心落泪。

释前嫌奏一曲凤凰于飞，

从今后琴瑟和鸣夫唱妇随。

红　娘　（喜）姑爷当真？

郑　恒　当真！

红　娘　果然？

郑　恒　果然。

红　娘　（忍不住双手合十）谢天谢地！

郑　恒　　（笑）好了，红娘，走吧。

〔二道幕启。

〔两人走至房前。

红　娘　　姑爷且先等等，我先入去，姑爷稍后敲门，给小姐一个惊喜！

郑　恒　　但凭红娘吩咐！

〔红娘入。

红　娘　　小姐，红娘回来了。小姐。（看莺莺倒在妆台上，过去轻抚其肩）小姐，你怎会睡在这里？小心着凉。（突惊）小姐，小姐。（摇动莺莺）

郑　恒　　（推门而入）红娘，小姐怎么了？

红　娘　　（放声大哭）小姐你醒来，小姐你醒来呀！

郑　恒　　（扑过去抱住莺莺，莺莺软软地倒在他怀里）莺莺，莺莺，你怎么了？

红　娘　　（哭倒在地）小姐！

郑　恒　　莺莺，莺莺，（以手试之，惊惧）莺莺，（狂呼）莺莺，莺莺！

红　娘　　姑爷，我家小姐她，她……

郑　恒　　（呆立半晌，喃喃地）莺莺，表兄来向你赔罪了，你怎么不回答呀？莺莺，（悲恸）莺莺，是我错了，是我该死，莺莺，你不要死，你不能死，你怎能留下我一人啊莺莺！（腿一软，跪倒在地，但还紧紧地抱着莺莺）

〔幕后合唱：弃置今何道，

当时且自亲。

还将旧时意，

怜取眼前人。

郑　恒　　（悲呼）莺莺！

红　娘　　（悲泣）小姐！

〔幕后合唱：弃置今何道，

当时且自亲。

还将旧时意，

怜取眼前人。

——全剧终——

剧 本 阐 述

　　《西厢记》是越剧四大经典剧目之一，改编自王实甫《西厢记》，但越剧演绎的故事终结于张生与莺莺的长亭送别。这段爱情故事的后续究竟如何，是如王实甫的创作，皆大欢喜吗？还是按照《莺莺传》的处理，张生负心，始乱终弃？

　　每次看完《西厢记》，这个问题都困扰着我。虽则明白创作与生活不同，但史上元稹对这段情事的轻浮与自得总令我心有不快，以至于多少有些迁怒于张生。及至读到《莺莺传》中，"后岁余，崔已委身于人，张亦有所娶。适经所居，乃因其夫言于崔，求以外兄见。夫语之，而崔终不为出"，对张生之憎，对莺莺之怜更增，而两人以及莺莺夫君之间微妙的关系，又令我甚觉有戏可做。故此，续写越剧《西厢记》的想法日盛，经一年有余的思忖推敲，遂写成《西厢后记》，敷衍莺莺、郑恒与张生的未尽故事，权作续貂，以了心愿。尤以"打张"一场，写来最觉痛快。